타임머신

세계교양전집 49

타임머신

허버트 조지 웰스 지음

공민희 옮김

올리버

허버트 조지 웰스Herbert George Wells

• 차례 •

1. 도입부 7

2. 타임머신 16

3. 돌아온 시간 여행자 I 23

4. 시간 여행 33

5. 황금기 42

6. 마지막 인류 49

7. 갑자기 맞이한 충격적인 상황 58

8. 시간 여행자가 세운 가설 68

9. 지하 세계의 몰록인 85

10. 밤이 찾아왔을 때 94

11. 초록색 도자기 궁전 104

12. 어둠 속에서 114

13. 흰 스핑크스의 함정 124

14. 시간 여행자가 본 미래의 다른 장소들 129

15. 돌아온 시간 여행자 II 136

16. 이야기가 끝난 뒤 139

    에필로그 146

    작가 연보 148

1

도입부

시간 여행자(편의상 이렇게 부르기로 하자)는 난해한 주제를 우리에게 자세히 설명하는 중이었다. 창백한 회색 눈동자가 반짝반짝 빛났고, 평소 핏기라곤 볼 수 없던 그의 얼굴은 상기되어 활기가 넘쳤다. 벽난로에서 불길이 활활 타오르고 백합 다발 같은 은촛대가 내뿜는 부드러운 빛이 우리들의 잔 속 기포로 투과되며 윤슬처럼 아롱거렸다. 우리는 시간 여행자의 특허품인 의자에 앉아 있었는데 사람 몸을 지탱한다기보단 오히려 감싸고 보살펴주는 느낌이 들었다. 저녁 식사를 마친 뒤의 편안하고 나른한 분위기라 속박에 얽매이지 않은 생각이 우아하게 머릿속을 떠다녔다. 그는 기다란 집게손가락을 들어 올리며 열변을 토했고, 우리는 편안하게 앉아 이 새로운 역설(우리 생각은 그랬다)과 그의 풍부한 상상력에 그저 감탄만 연발했다.

"제 말을 주의 깊게 들어보세요. 당연하다고 받아들이던 사상 한두 가지를 반박할 테니까요. 대표적으로 기하학의 경우, 학교에선 잘못된 개념을 토대로 교육하고 있습니다."

"처음부터 너무 거창한 화두 아닌가?" 논쟁을 좋아하는 빨강머리 필비가 말했다.

"이성을 바탕으로 하지 않는 것을 이해하라는 말은 아닙니다. 잘 들어보면 여러분도 곧 인정하게 될 테니까요. 수학적인 선, 즉 두께가 없는 선은 실제로 존재하지 않는 건 물론 아실 겁니다. 학교에서 그렇게 가르쳐줬잖아요? 수학에서 말하는 면도 마찬가지예요. 이런 건 추상적인 개념에 불과합니다."

"그건 맞아요." 심리학자가 말했다.

"또한 길이, 너비, 두께만 가지고 만든 정육면체도 실제로 존재할 수 없습니다."

"그 말에 난 동의할 수 없는데." 필비가 반박했다. "당연히 고체가 존재할 수 있어요. 사물이란 모조리…."

"사람들은 대부분 그렇게 생각합니다. 하지만 이건 어떨까요. 순간적인 정육면체가 있을까요?"

"무슨 말인지 당최 모르겠군요." 필비가 대꾸했다.

"시간 위에 지속하지 않는 정육면체가 실제로 존재한다고 할 수 있을까요?"

그 말에 필비는 생각에 잠겼다. 그러자 시간 여행자가 말을 이었다.

"분명한 건 실제 형상은 네 방향으로 확장할 수 있어야 한다는 점입니다. 길이, 너비, 두께, 여기에 반드시 지속성을 가져야 하죠. 그러나 육체가 지닌 본질적인 결함으로 인해 우리는 이 점을 간과해 왔습니다. 이 부분은 잠시 뒤에 설명해 드리죠. 사실 4차원은 공간의 세 평면인 3차원에 네 번째 요소인 시간을 더한 것입니다. 그러나 앞의 3차원과 후자를 비현실적으로 구분하는 경향 탓에 우리는 태어나서 죽을 때까지 4차원에서 한 방향으로만 조금씩 움직여 왔습니다."

램프 불로 시가 불씨를 살리려고 애쓰던 앳된 청년이 입을 열었다. "그건, 그건… 아주 분명하군요."

"이 부분이 상당히 무시당하고 있었다는 점이 중요합니다." 시간 여행자가 살짝 활기를 더하며 말을 계속했다. "이것이 진짜 4차원을 의미합니다. 4차원이 무슨 의미인지 모르고 떠드는 사람도 몇몇 있긴 하지만요. 실제로 4차원이란 시간을 다르게 보는 방식일 뿐입니다. 우리의 이성이 따라 움직인다는 점을 제외하고 3차원의 공간과 시간 사이에는 전혀 차이가 없습니다. 그런데도 어리석은 이들이 이 개념을 엉뚱하게 이해하고 있어요. 그 사람들이 4차원에 대해 하는 말을 다들 들어보셨죠?"

"난 못 들어봤소." 시장이 말했다.

"간단히 말하면 이렇습니다. 우리 수학자들이 말하는 공간은

3차원으로 되어 있어요. 길이, 너비, 두께가 늘 세 면을 이루고 각 각은 서로에게 들어맞는 각을 구성합니다. 일부 철학자들은 어째서 그 3차원이어야 하는지 의구심을 품었습니다. 다른 세 가지 차원과 직각을 이루는 또 하나의 방향이 있으면 안 되는 걸까? 그리고 4차원 기하학을 정립하려고 애썼습니다. 불과 한두 달 전에 사이먼 뉴컴 교수가 뉴욕 수학협회에서 이 주제에 대해 자세히 설명했습니다. 2차원에 지나지 않는 평면에서 우리는 3차원 사물의 형상을 보여줄 수 있으므로 마찬가지로 3차원에서 4차원의 모델을 구현할 수 있다고 말입니다. 4차원적 관점을 제대로 익힐 수 있다면요. 제 말뜻을 아시겠나요?"

"그런 것 같군요." 시장이 웅얼거렸다. 그는 인상을 찌푸리고 주문을 외우듯 입술을 움직이며 생각에 잠겼다. "그래, 이제 알 것 같소." 잠시 뒤 그가 멍한 상태에서 깨어나 말했다.

"음, 제가 한동안 4차원 기하학을 연구해 왔다는 이야기를 해드리고 싶군요. 일부 연구 결과는 아주 흥미롭습니다. 한 남성의 초상화로 예를 들어보겠습니다. 여덟 살, 열다섯 살, 열일곱 살, 스물세 살과 그 이후의 모습을 화폭에 담았다고 칩시다. 말하자면 그의 단면인 셈이죠. 고정되고 변경할 수 없는 4차원의 존재인 남성을 3차원으로 구현한 것입니다."

시간 여행자는 우리가 제대로 이해할 수 있도록 잠시 시간을 준 뒤에 말을 이었다.

"과학자들은 시간이 공간의 한 종류라는 걸 잘 알고 있습니다. 여기, 흔히 볼 수 있는 과학 도식인 기후도가 있습니다. 제 손가락이 가리키는 이 선이 기압계의 움직임을 나타냅니다. 어제는 기압이 아주 높았고 어젯밤에 지표가 내려갔다가 오늘 아침에 다시 올라서 완만하게 여기까지 왔습니다. 당연히 이 기압계의 수은은 일반적인 공간 안에서 이 선처럼 움직이지 않겠죠? 하지만 이런 지표가 있으므로 우리는 그 선이 시간의 차원을 따른다는 결론에 도달하게 됩니다."

"하지만 시간이 정말로 공간의 4차원의 요소라면 어째서 그건 늘 다른 걸로 여겨졌을까요? 그리고 우리가 공간 속 다른 차원으로 이동할 수 있는데 시간 속에서는 이동할 수 없는 까닭은요?" 난로 속 타오르는 석탄을 빤히 쳐다보며 의사가 물었다.

그러자 시간 여행자가 미소를 지으며 대답했다.

"우리가 공간 안에서 자유롭게 움직인다고 확신하나요? 오른쪽과 왼쪽, 앞뒤로 충분히 자유롭게 다닐 수 있고 인류는 늘 그렇게 해왔습니다. 우리가 2차원 안에서 자유롭게 움직인다는 부분은 인정합니다. 그렇지만 위와 아래는 어떨까요? 여기엔 중력이란 큰 벽이 방해하고 있습니다만."

"꼭 그런 건 아닙니다. 열기구가 있잖아요." 의사가 대꾸했다.

"하지만 열기구가 나오기 전까지는 일시적으로 도약하거나 지표면의 높이 차이에 따라 움직이는 것 말고는 인류에겐 수직

운동의 자유가 없었습니다."

"그래도 여전히 사람은 위아래로 조금은 움직일 수가 있어요." 의사가 말했다.

"위로 올라가는 것보다 아래가 훨씬 수월합니다."

"게다가 시간 안에서 움직일 수 없으니 현재의 순간에서 벗어날 수 없지요."

"의사 선생님, 오해하고 계신 겁니다. 그 부분에 대해 온 세상이 잘못 알고 있어요. 우리는 늘 현 순간에서 벗어나고 있습니다. 인간의 정신세계는 실체가 없고 차원이 존재하지 않으니 태어나서 죽을 때까지 같은 속도로 시간이라는 차원을 따라 움직입니다. 우리가 지표면에서 80킬로미터 위에서 생을 시작했다면 반드시 아래로 내려오는 것처럼요."

이때 심리학자가 끼어들었다. "그렇지만 중대한 난점은 이겁니다. 공간에서는 어떤 방향으로든 움직일 수 있지만, 시간 속에서는 그렇지 않은걸요."

"그 부분이 제 영롱한 발견의 핵심입니다. 안타깝지만 시간 안에서 움직일 수 없다는 당신의 주장은 틀렸습니다. 예를 들어, 전 제가 겪었던 사건의 순간을 아주 생생하게 떠올릴 수 있습니다. 그러면 멍한 상태가 되겠죠. 제가 순간을 이동했으니까요. 당연히 우리는 시간의 어느 지점에도 오래 머물 수 없습니다. 야만인이나 동물이 땅에서 2미터 높이에 오래 떠 있을 수 없는 것처럼요. 그렇지만 문명화된 시민은 이 관점에선 야만인보다는 낫습니다. 열기구를 타고 중력을 거스르고 올라갈 수 있습니다. 그러니 궁극적으로 시간의 차원을 따라 더 빨리 가거나 멈추거나 아니면 반대로 시간을 거슬러 여행할 수 있을 거란 희망을 품지 않을 이유가 있을까요?"

"아, 그건···." 필비가 입을 열었다.

"왜 안 된다는 거죠?" 시간 여행자가 물었다.

"이성에 위반하는 거니까요." 필비가 대답했다.

"무슨 이성이요?" 시간 여행자가 물었다.

"말로는 검은색이 희다고 누가 주장 못 하겠나요. 하지만 절대로 내게 확신을 줄 수 없을 겁니다." 필비가 단호하게 말했다.

"그럴지도 모르죠." 시간 여행자가 대꾸했다. "그렇지만 지금 당신은 4차원의 기하학에 대한 제 연구 목표를 이해하기 시작했습니다. 오래전에 저는 모호하게나마 어떤 기계에 대해 알아차렸는데···."

"시간을 여행하는 기계를 말하는 거죠!" 앳된 청년이 외쳤다.

"운전자가 정하는 대로 시간과 공간을 어느 방향으로든 예사롭게 여행할 수 있습니다."

그의 말에 필비가 웃음을 터트렸다.

"하지만 제가 직접 실험을 통해 검증을 해봤습니다." 시간 여행자가 말했다.

"역사학자들에게는 참 편리한 도구겠네요. 가령 헤이스팅스 전투(앵글로색슨 왕을 죽이고 노르만 왕족 시대를 열게 한 영국의 역사적 전투 - 역주)에 대해 학계 정설로 여겨지는 부분을 알아보려고 그 시대로 여행하면 될 테니!" 심리학자가 감탄했다.

"과거로 여행을 가면 너무 주의를 끌 거란 생각은 안 하나요? 우리 선조들은 시대착오적인 대상을 절대 용납하지 않는데." 의사가 의견을 내놓았다.

"호메로스와 플라톤에게 직접 그리스어 수업을 들을 수도 있겠네요." 앳된 청년이 생각을 말했다.

"그러면 대학 졸업 시험에서 죽을 쑬 게 뻔해요. 독일 학자들이 그리스어를 엄청나게 발전시켜 놨으니 말입니다."

"그러면 미래로 가면 되잖아요. 생각해 보세요! 돈을 한곳에 모조리 투자하고 이자가 쌓이도록 둔 다음에 미래로 건너가는 거예요!" 앳된 청년이 목소리를 높였다.

"그랬다간 아주 엄격한 공동체의 토대 위에 새로운 사회가 생겨날 수도 있어요." 내가 말했다.

"하고많은 터무니없는 이론 중에서 하필!" 심리학자가 입을 열었다.

"맞아요. 저도 그렇게 느꼈고, 그래서 누구에게도 이야기하지 않았는데 그러다가…."

"실험으로 입증했군요!" 내가 소리쳤다. "당신은 그걸 증명할 건가요?"

"실험이라니!" 머리가 점점 멍해지던 필비가 외쳤다.

"뭐 어쨌든 그 실험이란 걸 좀 봅시다. 전부 속임수겠지만." 심리학자가 말했다.

시간 여행자가 우리를 향해 미소를 지었다. 그리고 여전히 희미하게 미소를 띤 상태로 두 손을 바지 주머니에 깊이 찔러 넣고는 천천히 방을 나갔다. 연구실로 향하는 긴 복도를 따라 그의 슬리퍼 소리가 울려 퍼졌다.

심리학자가 우리를 쳐다봤다. "그가 뭘 가지고 올지 궁금한데요?"

"교활한 속임수나 손재주를 부리겠죠." 의사가 말했다. 필비는 우리에게 자신이 버슬렘에서 본 마술사에 대해 말해주려고 했지만 그가 서론을 다 마치기도 전에 시간 여행자가 돌아와서 이야기가 멈췄다.

2
타임머신

시간 여행자가 손에 들고 있는 건 반짝이는 금속 틀에 아주 섬세하게 만든 장치로 작은 시계만 했는데 그 안에 상아와 투명한 수정 같은 물질이 들어 있었다. 이 시점에서 분명하게 밝히는데, 그의 설명을 고스란히 받아들이지 않으면 내가 이 이야기를 도저히 풀어 나갈 수 없을 거라는 점이다. 시간 여행자는 방 여러 곳에 흩어져 있는 팔각형 소형 테이블 중 하나를 집어 들더니 난로 앞 깔개에 내려놓았다. 그는 테이블에 장치를 올렸다. 그리고 의자를 끌어와서 자리를 잡았다. 테이블 위에는 작은 삿갓 램프밖에 없었고 그 빛이 장치를 밝혀주었다. 또한 촛불도 열두어 개 켜져 있는데 두 개는 난로 선반의 황동 촛대에 꽂혀 있고, 나머지는 벽 돌출 촛대에 놓여 방안은 꽤 밝았다. 벽난로에서 가장 가까운 낮은 팔걸이의자에 앉아 있던 나는 시간 여행자와 벽난로 사이쯤으로 의자를 끌어당겼다. 필비는 그의 뒤에 앉아서 어깨 너머로 쳐다봤다. 의사와 시장은 오른쪽 측면에서 그를 쳐다보았고 심리학자는 왼쪽에 자리했다. 앳된 청년은 심리학자 뒤에 섰다. 우리 모두 잔뜩 경계했다. 제아무리 교묘하고 능숙하게 속임수를 보이더라도 빈틈없이 지켜보고 있는 상황에서 우릴 속일 순 없을 테지.

시간 여행자가 우리를 쳐다본 다음 기계 장치를 내려다보았다.

"이제 어쩔 거죠?" 심리학자가 물었다.

시간 여행자가 테이블 위에 팔꿈치를 괴고 손을 나란히 장치 위에 올리더니 말했다.

"이 작은 물건은 모형일 뿐입니다. 시간 여행을 할 수 있는 기기를 만드는 일이 제 계획이죠. 보시다시피 상당히 삐뚤어져 있고 가로대가 이상하게 반짝여서 어떤 면에서는 비현실적으로 보일 겁니다." 그는 손가락으로 그 부분을 가리켰다. "또한 여기에는 작은 흰색 레버가 있고 여기에도 레버가 하나 더 있습니다."

의사가 자리에서 일어나 모형을 자세히 살펴보았다. "정교하게 만들었군요." 그가 소감을 밝혔다.

"2년이 걸렸습니다." 시간 여행자가 대답했다. 그리고 우리 모두가 의사와 같은 반응을 보이자, 시간 여행자가 말을 이었다. "여러분에게 제대로 알려드리죠. 레버를 누르면 장치가 미래로 가고 다른 레버는 그 반대로 작용합니다. 이 안장은 시간 여행자의 좌석을 나타냅니다. 지금 제가 레버를 누르면 기기가 작동할 겁니다. 장치가 사라집니다. 시간 속으로 들어가 종적을 감추겠지요. 자세히 살펴들 보세요. 테이블도 보고 아무 속임수가 없다는 걸 직접 확인하세요. 이 모형을 아깝게 날리고 여러분한테 사기꾼 소리를 듣고 싶지 않으니까요."

대략 1분 정도 정적이 흘렀다. 심리학자가 내게 뭔가 말하려고 했지만 그는 마음을 고쳐먹었다. 그리고 시간 여행자가 손가락을 레버 쪽에 놓았다.

"아니지." 갑자기 그가 말했다. "당신 손을 좀 빌립시다."

그렇게 시간 여행자가 심리학자 쪽으로 몸을 돌리고 그의 손을 잡아 집게손가락을 내밀라고 했다. 이제 심리학자가 이 모형 타임머신을 무한한 여정으로 보내게 되었다. 우리 모두 레버가 돌아가는 광경을 지켜보았다. 어떤 속임수도 없다고 난 전적으로 확신했다. 한 줄기 바람이 불더니 램프 불빛이 일렁였다. 벽난로 선반 위에 놓인 촛불 하나가 꺼졌다. 작은 장치가 갑자기 빙 돌더니 희미해졌다. 마치 잠시 유령이 된 것처럼 희미하게 반짝이는 황동과 상아의 소용돌이가 일어나더니 기기가 없어졌다. 사라졌다! 램프가 놓인 테이블에는 아무것도 남지 않았다.

다들 한동안 아무 말도 하지 않았다. 그러다 필비가 굉장하다고 소리쳤다.

심리학자는 멍한 상태에서 벗어나 갑자기 테이블 아래를 살폈다. 그때 시간 여행자가 쾌활하게 웃음을 터트렸다. "이제 어쩔 거죠?" 그는 앞서 심리학자가 한 말을 그대로 따라 했다. 그리고 자리에서 일어나 벽난로 위 선반에 놓인 담배통으로 가서 우리를 등지고 서서 파이프에 잎을 채웠다.

우리는 서로를 쳐다보았다. 의사가 입을 열었다.

"저기, 정말로 속임수를 부리지 않았나요? 정말로 그 기계가 시간 여행을 갔다고 생각하나요?"

"당연하죠." 시간 여행자가 몸을 구부려 난로에서 불을 붙였다. 그리고 몸을 돌리고 파이프를 피우며 심리학자의 얼굴을 쳐다보았다. (심리학자는 전혀 동요하지 않은 사람처럼 보이려고 시가를 챙겼지만 자르지도 않고 불을 붙이려고 했다.) "그보다 더 중요한 건 거의 마무리된 큰 기기가 저기 있다는 겁니다." 그가 연구실을 가리켰다. "그리고 완성되면 제가 직접 여행을 가려고 합니다."

"모형 장치가 미래로 여행을 갔다는 뜻인가요?" 필비가 물었다.

"미래로 갔거나, 과거로 갔거나. 어느 쪽인지는 확신할 수 없어요."

잠시 정적이 흐른 뒤 심리학자가 좋은 생각을 해냈다. "어디든 갈 수 있다면 아까 그 장치는 과거로 갔을 겁니다."

"어째서죠?" 시간 여행자가 물었다.

"왜냐하면 기계는 공간을 이동하는 것이 아니니 미래로 간다면 여전히 여기에 늘 있을 테죠. 시간을 여행하는 거니 말입니다."

"그렇지만 과거로 여행한다면 이 방으로 처음 들어왔을 때 알아차렸을 겁니다. 지난 목요일에 우리가 여기 있었고, 그리고 그 전주 목요일도 그랬고 그전에도 그랬으니까요!" 내가 말했다.

"진지한 반론이군." 시장이 공정한 분위기를 풍기면서 시간 여행자를 향해 몸을 돌렸다.

"전혀요." 시간 여행자가 말하고는 심리학자에게 이렇게 덧붙였다.

"잘 생각해 보세요. 그럼 당신이 이걸 설명할 수 있을 겁니다. 한계점 아래 표상입니다. 희석된 표상이라고요."

"아, 그렇구나." 심리학자가 말하고 우리에게 다시 설명해 주었다.

"간단한 심리학입니다. 왜 그 생각을 못 했을까. 즐겁게 역설을 이해할 수 있는 아주 평범한 논리인데. 우리는 이 장치를 볼 수도, 인식할 수도 없습니다. 바큇살이 돌아가는 모습 또는 총알이 공중을 가로지르는 걸 보지 못하는 것과 같은 이치예요. 우리보다 50배, 혹은 100배 더 빨리 시간을 여행한다면 우리가 1초를 통과할 동안 기계는 1분을 지났을 거고 시간을 여행하지 않았을 때의 50분의 1 혹은 100분의 1과 같은 인식을 받습니다. 아주 간단하죠." 그가 장치가 있던 자리로 손을 펼쳤다.

"아시겠죠?" 그가 웃으며 말했다.

우리는 자리에 앉아 텅 빈 테이블을 잠시 응시했다. 이윽고 시간 여행자가 우리에게 어떻게 생각하는지 물었다.

"오늘은 그럴듯하게 들리네요. 하지만 내일까지 기다려야 합니다. 아침에 맑은 정신이 돌아올 때까지요." 의사가 말했다.

"타임머신을 보실래요?" 시간 여행자가 물었다. 말을 마치기 무섭게 그는 손에 램프를 들고 앞장서서 바람이 들어오는 긴 복도로 나가 연구실로 향했다. 나는 깜박이는 빛, 그의 기묘하고 커다란 머리 실루엣, 춤추는 그림자까지 생생하게 기억하고 있다. 우리 모두 혼란스러워하면서 의구심을 품은 채 그를 따라갔고 우리 눈앞에서 사라졌던 작은 기계의 커다란 버전을 연구실에서 마주했다. 부품 일부는 니켈, 일부는 상아, 일부는 확실히 수정을 잘라 넣어 만들었다. 전체적으로는 완성되었지만 비틀린 수정 막대가 미완성인 채로 작업대 위에 놓여 있고 그 옆으로 도면 몇 장이 보였다. 난 자세히 보려고 막대 하나를 집어 들었다. 석영인 것 같았다.

"저기, 정말로 진짠가요? 아니면 이건 지난 크리스마스에 당신이 우리한테 보여준 유령 같은 속임수인가요?" 의사가 물었다.

"전 이 타임머신을 타고 시간을 탐험할 생각입니다. 평생 지금보다 더 진지해 본 적이 없다고 하면 답이 될까요?" 시간 여행자가 말했다.

우리 누구도 그 말을 어떻게 받아들여야 할지 몰랐다.

의사의 어깨 너머로 난 필비와 눈을 마주쳤고 그는 진지한 표정으로 눈을 깜박였다.

3

돌아온 시간 여행자 I

그 당시 정말로 타임머신을 믿은 사람은 우리 중 누구도 없었던 것 같다. 사실 시간 여행자는 무턱대고 믿기에는 너무 교묘한 부류의 사람이었으니까. 그 사람의 전부를 본 적이 한 번도 없다는 느낌. 항상 뚜렷한 솔직함 뒤에 어딘가 교묘함이 숨어 있고 뭔가 미묘하게 남겨둔 느낌이 늘 드는 사람이었다. 필비가 모형을 보여주고 시간 여행자가 했던 말 그대로 이 부분에 관해 설명했다면 그에 대한 미심쩍음이 한층 덜 했을 것이다. 우리는 필비의 동기를 파악했을 테니까. 푸줏간 주인도 필비의 생각 정도는 알아챌 수 있을 정도니. 그러나 시간 여행자는 성품이 변덕스러움 그 이상이라 우린 그를 믿을 수가 없었다. 그보다 영리함이 덜한 사람이 했다면 유명해질 일도 시간 여행자의 손에서는 속임수처럼 보였다. 모든 걸 너무 쉽게 해 보이는 점이 실수라고나

할까. 그를 진지하게 대하는 진지한 사람들은 그의 행동을 절대 확신할 수 없었다. 그들이 자신의 명성을 믿고 시간 여행자를 판단하는 건 얇은 도자기 장식품으로 아기방을 꾸미는 시도와 마찬가지라는 점을 잘 아는 듯했다. 그래서 난 우리 중 누구도 목요일과 다음 목요일 사이에 시간 여행에 대해서 그리 많은 이야기를 하지 않았을 거라 보았다. 당연히 우리 머릿속 대부분은 그 특별한 가능성에 대해 생각했을 테지만 말이다. 시간 여행의 타당성, 실제로 거짓말일 확률, 시대착오와 전적인 혼란 속에서 생기는 흥미로운 가능성에 관해. 나의 경우 특히 모형의 속임수에 대한 생각을 떨칠 수가 없었다. 금요일에 린네협회에서 의사를 만나 이야기를 나눴던 일이 기억난다. 그는 튀빙겐에서 비슷한 걸 봤다고 했고 촛불이 꺼진 부분을 엄청 강조했다. 그렇지만 어떤 속임수를 썼는지는 설명하지 못했다.

다음 목요일에 나는 다시 리치먼드로 갔다(나는 시간 여행자의 집으로 꾸준히 찾아가는 손님 중 한 명일 거다). 좀 늦게 도착해보니 사내 네다섯이 이미 그의 응접실에 모여 있었다. 의사가 한 손에는 종이 한 장을, 다른 손에는 시계를 들고 벽난로 앞에 서 있었다. 난 주위를 흘끔거리며 시간 여행자를 찾았다. 그때 의사가 말했다.

"이제 7시 30분이에요. 슬슬 저녁을 먹어야 하지 않을까요?"

"그는 어디 갔어요?" 내가 주인을 불렀다.

"당신은 방금 온 거죠? 정말 이상한 상황입니다. 그가 불가피하게 지체되는 중이라고 했어요. 나더러 자기가 오지 않으면 7시에 저녁 식사를 하라고 이 메모를 남겼죠. 와서 다 설명해 줄 거라고 하면서."

"이렇게 모였는데 저녁 식사를 망치면 안타까울 것 같군요." 유명 일간 신문 편집자가 말했다. 그러자 의사가 종을 눌렀다.

의사와 날 제외하면 지난번 저녁 자리에 참석했던 사람은 심리학자뿐이었다. 다른 이들로는 앞서 말한 편집자 블랭크와 기자 한 사람, 그리고 수염을 기른 조용하고 낯을 가리는 남성이 있었는데 그 사람이 누군지는 몰랐지만 계속 보니 저녁 내내 그는 입을 꾹 다물고 한마디도 하지 않았다. 식사 자리는 어느 정도 즐거운 분위기였고 우리는 시간 여행자가 왜 오지 않는지에 관해 이런저런 추측을 내놓았다. 난 그가 시간 여행 중이라 참석하지 못했다고 말했다. 편집자는 그 부분에 관해 자세히 듣고 싶어 했고, 그러자 심리학자가 나서서 지난주에 우리가 목격한 '교묘한 역설과 속임수'를 딱딱한 말투로 설명해 주었다. 심리학자가 설명하는 와중에 아무 소리도 없이 복도에서 문이 스르르 열렸다. 난 문을 마주하고 있던 터라 가장 먼저 알아차렸다.

"안녕하세요!" 내가 외쳤다. "드디어 오셨군요!" 그리고 문이 활짝 열렸고 시간 여행자가 우리 앞에 섰다. 놀란 내 입에서 외마디 비명이 흘러나왔다.

"세상에! 무슨 일이 있었던 겁니까?" 나 다음으로 그를 본 의사가 소리쳤다. 그렇게 테이블 앞에 있던 모두가 문 쪽으로 돌아보았다.

시간 여행자는 엄청 곤경을 겪은 모습이었다. 코트는 먼지와 오염투성이고 소매 아래에는 풀물이 들었다. 엉망으로 흐트러진 머리가 내 눈에 한층 더 허옇게 보였다. 먼지 때문이거나 아니면 실제로 머리가 더 많이 세었거나. 그의 얼굴은 유령처럼 창백했다. 턱에는 벤 상처가 났는데 반쯤 아물어 갈색을 띠었다. 무지하게 고생했는지 수척하고 지친 기색이 역력했다. 전등 불빛에 눈이 부신 듯 그는 잠시 문 앞에서 멈칫했다. 그리고 방 안으로 들어왔다. 거리에서 본 발이 아픈 부랑자처럼 그는 흐느적거리며 걸었다. 우리는 말 없이 바라보며 그가 입을 열길 기다렸다.

그는 한마디도 하지 않은 채 고통스러운 듯 테이블로 와서는 와인을 달라고 손짓했다. 편집자가 샴페인 잔에 따라서 그에게 건넸다. 그는 단숨에 들이켰고 좀 나아진 듯 보였다. 테이블 앞에 모인 이들을 둘러볼 때 그의 얼굴에 익숙한 미소가 흘끗 스쳤다.

"대체 어디 있다가 오는 거예요?" 의사가 물었다.

시간 여행자는 귓등으로도 듣지 않았다. "개의치 말아요, 난 괜찮으니까." 확실히 그는 지친 말투로 대답했다. 그리고 잠시 말을 멈추고 잔을 내밀며 더 달라고 시늉했고 허겁지겁 갈증을 채

웠다. "음, 좋군." 그가 말했다. 눈빛이 한층 밝아졌고 희미하게나마 뺨에 혈색이 돌아왔다. 그는 멍한 표정으로 우리의 얼굴을 쭉 흘끔거리고는 따뜻하고 편안한 방안을 살폈다. 그리고 다시 입을 열어 음미하듯 한마디 한마디를 내놓았다. "가서 씻고 옷을 갈아입은 다음 다시 내려와서 이야기해 드리죠…. 양고기를 좀 남겨 주세요. 고기를 못 먹은 지 한참 되어 어찌나 먹고 싶던지."

시간 여행자는 가끔 찾아오는 귀한 손님인 편집자를 보고 안부를 물었다. 편집자가 질문을 던졌다. 시간 여행자는 이렇게 대꾸했다. "빨리 와서 알려드리죠. 지금 전 상태가 좀 이상하거든요! 하지만 금방 괜찮아질 겁니다."

시간 여행자가 잔을 내려놓고 계단실을 향해 걸었다. 다시금 나는 그가 다리를 절고 있어서 살살 걷는 걸 알아차렸고 자리에서 일어서서 나가는 그의 모습을 바라봤다. 신발은 온데간데없고 피 얼룩이 묻고 누더기가 된 양말만 신은 채였다. 그렇게 문이 닫혔다. 뒤따라가고 싶은 마음도 있었지만 자신을 두고 소란 떠는 걸 그가 엄청 싫어한다는 점을 떠올리고 생각을 접었다. 1분 정도일까, 난 멍하게 있었다. 그리고 이런 소리를 들었다. "유명한 과학자가 보인 놀라운 행동." 편집자가 버릇처럼 헤드라인 문구를 만들고 있었다. 그 소리에 난 다시 환한 저녁 식사 자리로 집중했다.

"무슨 일이죠?" 기자가 물었다. "무슨 방랑자 체험이라도 하다

온 건가? 도무지 모르겠군요."

심리학자와 눈이 마주쳤고 그의 표정에서 내 나름대로 의미를 읽을 수 있었다. 난 고통스럽게 다리를 절며 계단을 오르는 시간 여행자를 떠올렸다. 다른 누구도 그가 다리를 절룩거린다는 점을 알아차리지 못한 것 같았다.

이 놀라운 상황에서 제일 먼저 벗어난 이는 의사였다. 그는 종을 울려 하인을 불러 더운 음식을 내오라고 지시했다. 시간 여행자는 하인들이 식사 자리에서 대기하는 걸 싫어했다. 그때 편집자가 투덜거리며 자신의 포크와 나이프에 집중했고 말 없는 남자도 따랐다. 저녁 식사가 다시 시작됐다. 이따금 감탄사 정도만 나올 뿐 식사 자리는 조용했다. 그러다 호기심에 단단히 사로잡힌 편집자가 물었다. "우리 친구가 횡단보도 청소 아르바이트라도 하는 걸까요? 아니면 네부카드네자르(신바빌로니아의 왕, 자신이 소라는 망상에 빠져 네 발로 걷고 울부짖으며 풀을 뜯어 먹었다 - 역주)처럼 미쳐서 풀을 뜯다 온 건지?"

"전 타임머신 일일 거라는 확신이 듭니다만." 내가 말하고 지난주 우리가 모였을 때 심리학자가 했던 말을 꺼냈다. 새로 온 손님들은 완전히 경악했다. 편집자가 이의를 제기했다.

"그 시간 여행이란 게 대체 뭐예요? 역설에 뒹군 사람이 그렇게 먼지를 뒤집어쓸 수 있나요?" 이 생각이 자리 잡았는지 편집자는 조롱하듯 비꼬아댔다. "미래에는 옷솔이 없나 봐요?"

기자도 마찬가지로 절대 믿지 않을 사람이라 이 모든 걸 터무니없게 여기면서 편집자와 의견을 함께했다. 둘 다 새로운 부류의 저널리스트들인지라 아주 흥이 넘치고 무례한 젊은이들이었다. "내일모레 우리 신문의 특별 보도에는…." 저널리스트가 말할 때 시간 여행자가 돌아왔다. 평소처럼 저녁용 실내복을 걸친 그의 모습에선 수척한 얼굴을 제외하면 아까 나를 놀라게 한 행색은 사라지고 없었다.

"여기 모인 사람들이 당신이 다음 주 중반으로 여행을 갔었다고 하던데요! 로즈버리(영국 정치가로 수상을 지낸 인물 - 역주) 이야기를 좀 들려줄래요? 건당 얼마나 받을 건가요?" 편집자가 즐거운 듯 물었다.

시간 여행자는 아무 말 없이 자기 자리로 가 앉았다. 그는 예전처럼 조용히 미소를 지었다. "제 양고기는 어디 있나요?" 그가 물었다. "다시 포크로 고기를 찍어 먹을 수 있다니 얼마나 감사한지!"

"이야기를 들려달라고요!" 편집자가 소리쳤다.

"이야기는 무슨!" 시간 여행자가 반박했다. "일단 뭘 좀 먹어야 해요. 동맥으로 펩톤(가수분해된 단백질 - 역주)이 좀 들어가기 전까진 입도 뻥긋하지 않을 겁니다. 고맙군요. 그리고 소금도 좀 주세요."

"한마디만요. 시간 여행을 하고 온 거예요?" 내가 물었다.

"맞아요." 시간 여행자가 입안 가득 음식을 머금은 채 고개를 끄덕였다.

"말 한마디당 1실링을 드리죠." 편집자가 제안했다.

시간 여행자는 말 없는 남자를 향해 와인 잔을 밀고는 집게손톱으로 톡톡 쳤다. 그러자 그의 얼굴만 빤히 보고 있던 말 없는 남자가 화들짝 놀라서는 와인을 따라주었다. 남은 저녁 시간은 불편했다. 내 속에서는 의구심이 불끈불끈 솟아올라 입가에 맴돌았다. 당연히 다른 이들도 그랬을 거라고 자신 있게 말할 수 있다. 기자는 헤티 포터의 일화를 들려주며 어색한 분위기를 풀려고 했다. 그러나 시간 여행자는 식사에만 충실하며 왕성한 식욕을 드러냈다. 의사는 담배를 피우고 속눈썹 너머로 시간 여행자를 살폈다. 말 없는 남자는 평소보다 더 허둥거렸고 불안해서 그런지 계속 샴페인만 마셨다. 마침내 시간 여행자가 그릇을 옆으로 치우고 우리를 둘러보았다. 그가 입을 열었다.

"우선 여러분에게 사과해야겠군요. 그저 배가 몹시 고팠습니다. 전 아주 근사한 경험을 하고 왔습니다." 그가 손을 뻗어 시가를 집어서 끝을 잘랐다. "하지만 우선 흡연실로 가시죠. 기름진 음식을 앞에 두고 하기엔 좀 긴 이야기랄까요." 그는 자리를 나서며 종을 쳤고 우리를 옆방으로 안내했다.

"블랭크, 대시, 초즈 씨에게 타임머신에 관해 이야기했나요?" 시간 여행자가 편한 의자에 기대고는 새로 온 세 명의 손님의 이름을 말하며 내게 물었다.

"하지만 그건 순전히 역설일 뿐이잖아요." 편집자가 말했다.

"오늘 밤에는 논쟁할 수가 없어요. 이야기는 들려줄 수 있지만 논쟁은 사절입니다." 시간 여행자가 말을 이었다. "원한다면 나에게 벌어진 일에 대해 말해주겠지만 끼어들어선 절대 안 됩니다. 전 들려주고 싶으니까요. 아주 절실해요. 이야기 대부분이 거짓말처럼 들릴 겁니다. 그러든지 말든지 상관없어요! 제 입에서 나온 모든 말은 온전히 그대로이고 사실입니다. 전 4시에 연구실에 있었고 그때부터… 8일을 살았어요…. 어떤 인간도 살아본 적이 없는 방식으로요! 거의 녹초가 되었지만 이 모든 걸 여러분에게 털어놓기 전까지는 잠들 수 없을 것 같아요. 그런 다음에 자러 갈 겁니다. 대신 끼어들지 말아주세요! 다들 동의하는 겁니까?"

"동의합니다." 편집자가 말했고 남은 우리들도 똑같이 말했다. "동의합니다."

그렇게 시간 여행자는 내가 지금부터 설명할 이야기를 시작했다. 우선 그는 의자에 기댄 다음 지친 사람처럼 말했다. 이후 그는 조금 더 기운을 찾았다. 그의 말을 받아 적으며 난 잉크와 펜이 모자랄 거라 생각했고, 무엇보다 그의 이야기를 제대로 전달하지 못하는 내 부족함을 절실하게 느꼈다. 독자 여러분이 집중해서 이 글을 읽을 거라 생각한다. 그렇지만 작은 램프가 밝

흰 둥근 불 아래 진지하고 혈색이 없는 화자를 여러분이 직접 보지도, 그의 목소리에 담긴 감정도 들을 수 없다. 이야기가 진행될 때 그의 표정이 어떻게 변하는지도 여러분은 알 수 없을 테니! 흡연실에 있던 초를 켜지 않아 이야기를 듣던 우리 대부분은 어둠 속에 머물렀다. 기자의 얼굴과 말 없는 남자의 무릎 아랫부분만 빛을 받았다. 처음에 우린 이따금 서로를 멀뚱멀뚱 살폈다. 시간이 조금 흐르자 우리는 그런 행동을 멈추고 오로지 시간 여행자의 얼굴에만 집중했다.

4

시간 여행

"지난주 목요일 여러분에게 타임머신의 원리에 대해 설명하고 연구실에서 미완성인 실제 모델도 보여드렸죠. 이제 기계가 정말로 작동했고 여행을 다녀와서 조금 닳았습니다. 상아 가로대 하나에 금이 갔고 황동 난간이 휘어졌어요. 하지만 다른 부분은 멀쩡합니다. 전 금요일이면 타임머신이 완성될 거라 생각했어요. 그런데 금요일에 조립이 거의 끝났을 때 니켈 가로대 중 하나가 딱 1인치 짧다는 점을 알게 됐고 다시 만들 수밖에 없었습니다. 그래서 오늘 아침까지 시간을 잡아먹었어요. 오늘 아침 10시에 처음으로 타임머신이 작동을 시작했습니다. 전 마지막으로 두드리고 모든 나사를 다시 점검하고 수정 막대에 윤활유를 한 방울 더 떨어뜨린 다음 안장에 앉았습니다. 앞으로 무슨 일이 벌어질지 알 수 없었어요. 머리에 권총을 대고 방아쇠를 당기기 직전인, 자살하려는 사람의 기분이 꼭 이럴 거란 생각이 들었습니다. 한 손에 시동 레버를 잡고 다른 손엔 정지 레버를 잡은 뒤 시동을 걸고 곧장 다음 걸 움직였죠. 몸이 휘청거렸어요. 추락하는 악몽을 꾸는 것 같았습니다. 그리고 주변을 돌아보니 연구실은 평소와 똑같았죠. 무슨 일이 벌어지긴 했나? 잠시 제 지성이 스스로를 속이는 게 아닌가 의구심을 품었답니다. 그러다 시계를 봤어요. 좀 전에는 10시를 겨우 넘긴 시간이었는데 지금은 거의 3시 30분인 겁니다!

전 숨을 고르고 이를 악물었죠. 양손으로 시동 레버를 잡으니 쿵 하는 소리와 함께 움직였어요. 연구실이 안개처럼 흐려지더니 어두워졌습니다. 워챗 부인이 안으로 들어와 걸음을 옮기는데 분명 절 못 보고 정원 출입구 쪽으로 가더군요. 부인이 방을 가로지르는 데 1분 정도 걸리는데 제 눈에는 로켓처럼 쏜살같이 지나가는 것처럼 보였어요. 전 레버를 최대치로 당겼어요. 램프가 켜지듯 갑자기 밤이 찾아왔고 잠시 뒤엔 다음날이 되었어요. 연구실은 희미하고 어스름했고 점점 더 흐릿해져 갔습니다. 어두운 내일 밤이 찾아오고 다시 아침이 되고 밤이 되고 낮이 되고 그렇게 빠르게 움직였어요. 귀에서 소용돌이가 치는 듯 윙윙거리는 소리가 나고 머릿속이 낯설고 멍한 혼돈으로 빠졌어요.

시간 여행 중에 드는 그 특별한 느낌을 제대로 설명할 수가 없어 참 안타깝네요. 엄청나게 불쾌합니다. 롤러코스터에 올라 금방이라도 고꾸라질 것 같은 끔찍한 기분이에요! 게다가 이내 부딪힐 것 같은 무서운 생각도 들죠. 속도를 올리니 검은 날개가 펄럭이듯 눈 깜짝할 새에 밤낮이 바뀌었어요. 흐릿한 연구실이 이제 제게서 멀어지는 것 같았고 태양이 재빨리 하늘을 가로지르고 1분마다 올라오는 걸 보니 그 1분이 하루가 되었던 것 같습니다. 연구실이 무너지고 야외로 나간 듯했어요. 공사장 비계 같은 게 슬쩍 보이긴 했지만 움직이는 사물을 포착하기에는 속도가 너무 빨랐습니다. 느려 터진 달팽이도 쏜살같이 지나가는 걸로 보였으니까요. 어둠 뒤에 나타나는 반짝이는 빛 때문에 눈이 너무 따가웠어요. 그리고 간간이 어둠이 찾아올 때 달이 처음부터 끝까지 차오르는 모습이 빠르게 나타났고 주변을 도는 별들을 희미하게나마 볼 수 있었어요. 타임머신이 계속 속도를 올리니 낮과 밤이 하나가 되어 회색으로 뭉개지더군요. 하늘은 근사하고 짙은 푸른 빛으로, 땅거미가 지는 이른 어둠의 멋진 색으로 빛났어요. 갑자기 나타난 태양이 불빛을 내고 우주에 밝은 아치를 만들었고 달은 흐릿한 띠가 되어 요동쳤어요. 별은 전혀 볼 수 없었고 이따금 푸른 하늘에서 둥근 원이 반짝이는 걸 봤어요.

　풍경이 자욱하고 희미했어요. 여전히 지금 이 집이 선 언덕 가에 있었는데 흐릿한 회색을 띠고 있더군요. 수증기가 나오듯 나무가 자라고 낙엽이 졌다가 금방 새싹이 돋았어요. 자라고 퍼지고 시들고 죽었죠. 커다란 건물이 희미하지만 제대로 솟아 올랐고 꿈처럼 절 지나갔어요. 지표면 전체가 바뀐 것 같았어요. 제 눈 아래서 녹아 흘렀죠. 속도계의 바늘이 점점 더 빨리 돌았어요. 이제 전 1분 안에 태양계가 지점에서 지점을 향해 위아래로 흔들리는 걸 알아차렸고 그래서 제 속도가 1분에 1년이라는 점을 파악했어요. 매분 흰 눈이 세상을 가로질렀다가 사라졌고, 이어 밝고 푸르른 봄이 찾아왔어요.

처음 느낀 불편함은 이제 좀 줄어갔습니다. 마침내 일종의 히스테리 같은 흥분으로 통합됐어요. 정말로 기계 안에서 불편하게 흔들렸는데 무슨 일인지 가늠할 수가 없었어요. 정신이 혼란스러워 신경 쓸 틈이 없었고 속에서 화가 차올랐어요. 그렇게 미래로 날아갔습니다. 처음에는 그저 새로운 감정에 휩싸여 있었던 터라 멈출 생각을 못 했고 생각 자체도 거의 하지 못 했어요. 그런데 이제 새로운 감정이 차올랐죠. 어떤 호기심과 끔찍함이 느껴졌고 결국 그 감정이 절 완전히 장악해 버렸답니다. 인류는 왜 이렇게 이상하게 발전하고 우리의 원시적인 문명은 얼마나 근사한 진보를 이루었나. 눈앞에서 빠르게 움직이고 요동치는 이 난해한 세상을 흐릿하게나마 들여다볼 수 있다면 좋을 텐데! 그런 생각이 들었습니다.

웅장하고 근사한 구조물이 솟아올랐고 우리 시대보다 한층 거대했지만 희미하고 안개 속처럼 뿌옇게 보였죠. 언덕에 신록이 한층 푸르러지고 그대로 남아 겨울의 영향을 받지 않았습니다. 혼란스러운 상태에서 본 거지만 지구는 아주 좋아 보였어요. 그래서 멈춰야겠다는 생각이 들었답니다.

그런데 저와 이 기계가 설 장소에서 이미 어떤 물체가 자리하고 있을 가능성을 염두에 두어야 하는, 특이한 위험이 도사리고 있었습니다. 아주 빠른 속도로 시간 여행을 하는 동안에는 문제가 없습니다. 말하자면 제가 약화되어 물질 사이사이를 수증기처럼 미끄러져 지나가는 상태란 말이죠! 그런데 멈추려면 제 앞에 놓인 것이 뭐든 그 안으로 절 분자 단위로 욱여넣어야 했습니다. 그 말은 제 원자가 장애물과 엄청나게 긴밀하게 접촉하는 걸 의미하죠. 그래서 완전한 화학 반응이 일어나 어쩌면 광범위한 폭발이 일어날 수도 있고 저와 제 타임머신이 모든 차원에서 없어져 미지로 들어갈지도 모르죠. 타임머신을 만드는 동안 그 가능성이 계속 제 머릿속에 떠올랐어요. 하지만 전 그걸 피할 수 없는 위험으로 즐겁게 받아들였어요. 남자라면 도전해야 하는 그런 위험! 이제 그 위험을 피할 수 없어지니 더 이상 그때처럼 쾌활하게 받아들여지지 않더군요. 사실 눈에 띄지 않을 정도로 모든 것이 완전 낯설고 타임머신 안에서 메스껍게 흔들리고 요동쳤고 무엇보다 끝도 없이 추락하는 기분이 들었기에 신경이 곤두섰어요. 절대로 멈출 수 없다고 스스로에게 말했고 순간 불쾌감에 당장 멈추기로 했어요. 성미가 급한 머저리처럼 레버를 당겼더니 즉시 기계가 요동쳤어요. 그렇게 전 공중에서 곤두박 질쳐졌죠.

귀에서 천둥소리가 났습니다. 잠시 멍하게 있었던 것 같아요. 주변으로 우박이 무지막지하게 퍼부었고 전 뒤집힌 타임머신 앞 부드러운 잔디 위에 앉아 있더군요. 모든 것이 여전히 잿빛이었 지만 확실히 귀에서 울리던 소리는 사라졌어요. 주변을 둘러봤 어요. 정원의 작은 잔디밭 같은 곳에 있었는데 철쭉 덤불이 에워 쌌고 옅은 자주색과 보라색 꽃이 우박에 맞아 우수수 떨어지는 광경을 봤어요. 타임머신 위에 떠 있는 작은 구름에서 우박이 튀어나왔고 연기처럼 바닥으로 떨어졌어요. 전 금세 속까지 다 젖었습니다. '셀 수 없는 많은 세월을 여행 해온 사람한테 퍽이나 대단한 환대네.' 전 이렇게 말했어요.

이제 전 우박을 피하는 않은 스스로가 얼마나 멍청한지 깨달 았어요. 그래서 자리에서 일어나 주변을 둘러봤죠. 뿌연 우박 세 례 속에서 철쭉 덤불 너머로 어렴풋하게 무슨 흰 돌로 조각한 듯 한 거대한 형상이 보였어요. 그거 말고 다른 건 아무것도 보이지 않았습니다.

그때 제 감정이 어땠는지 제대로 묘사하기 어렵군요. 우박이 잦아들면서 흰 형상이 한층 뚜렷하게 보였어요. 어찌나 큰지 은 빛 자작나무가 조각상 어깨쯤에 닿더군요. 흰 대리석에 날개 달린 스핑크스처럼 생겼는데 날개가 옆으로 가만히 달린 것이 아니라 쫙 펼쳐져 펄럭이듯 보였습니다. 청동으로 만든 주축대에는 짙게 녹이 껴있었어요. 어쩌다 보니 얼굴이 제 쪽을 보고 있더군요. 보이지 않는 눈이 절 감시하는 것 같았고 입가에 희미한 미소가 드리웠어요. 세월의 풍파를 맞아서 그런지 꼭 불쾌한 병에 걸린 것처럼 보이더군요. 전 잠시 그걸 빤히 쳐다보고 있었습니다. 아마도 30초, 어쩌면 30분일지도 모르겠어요. 우박이 심해지거나 잦아들 때면 석상이 앞으로 다가오거나 뒤로 물러서는 것처럼 보였습니다. 마침내 잠시 눈을 거두었어요. 얼마 지나 우박 커튼이 치워지고 하늘이 밝아지며 해가 나타났어요.

웅크리고 있는 흰 형상을 향해 다시 고개를 들었을 때 갑자기 제 여정이 얼마나 무모한지 깨달았습니다. 이 뿌연 커튼이 완전히 사라지면 무엇이 나타날까? 인류에게 무슨 일이 벌어진 건 아닐까? 흉포함이 보편적인 열정으로 자리 잡았다면? 그 사이 인류가 용맹을 잃고 비인간적이고, 무자비하고 엄청나게 강한 무언가로 진화했다면? 내가 구세대 야만적 동물로 보일 수도 있고 그들의 보편적인 선호 속에서 한층 끔찍하고 혐오스러울 테지. 곧바로 죽여 없애야 하는 더러운 생명체로 여길지도 몰라.

이미 전 다른 커다란 형상도 봤습니다. 복잡한 난간과 키 큰 기둥이 달린 커다란 건물, 나무가 우거진 언덕이 줄어드는 폭우 사이로 흐릿하게 모습을 드러냈어요. 전 두려움에 빠져 가만히 있었습니다. 공포에 질린 채로 타임머신으로 돌아가서 기계를 작동하려고 애썼어요. 그러는 사이 폭풍우 너머로 해가 나타났습니다. 잿빛 우박이 걷히면서 유령의 끌리는 옷자락처럼 흔적을 감췄습니다. 제 위로 강렬한 여름 하늘이 파랗게 나타났고 허공에 연갈색 구름 조각이 드문드문 떠 있었죠. 제 앞에 있던 웅장한 건물이 이제 또렷하게 보였어요. 빗물에 젖어 반짝이며 녹지 않은 우박이 쌓인 틈 위로 하얗게 우뚝 서 있더군요. 전 낯선 세상에서 발가벗겨진 느낌이 들었습니다. 머리 위에서 호시탐탐 기회를 노리는 매를 느끼는 약한 새 같달까. 두려움이 자라 광분으로 변했습니다. 숨을 고르고 이를 악물고 다시금 맹렬하게 머신을 고치려고 손목과 무릎을 열심히 움직였지요. 절박하게 움직였더니 뒤집힌 타임머신을 원래대로 돌릴 수 있었습니다. 그때 턱을 심하게 부딪쳤어요. 전 가쁜 숨을 헐떡이며 한 손은 안장에, 다른 손은 레버에 두고 다시 타임머신에 올라타려고 했습니다.

그런데 언제고 도망칠 수 있게 되자 갑자기 용기가 되살아났습니다. 그래서 한층 흥미롭고 두려움은 덜한 상태로 먼 미래라는 이 세상을 살폈죠. 근처 집 벽의 높은 곳에 둥근 창문이 있고 풍성하고 부드러운 가운을 걸친 사람 무리를 봤습니다. 그들도 저를 보고 제 쪽으로 얼굴을 돌렸습니다.

그러다 목소리를 들었습니다. 흰 스핑크스 옆 덤불에서 남자들의 머리와 어깨가 나타났어요. 그들 중 한 사람이 제가 타임머신과 서 있는 작은 잔디밭으로 곧장 앞장서서 나왔습니다. 그는 작았어요. 120센티미터 정도의 키에 보라색 튜닉을 입고 허리에는 가죽 벨트를 둘렀더군요. 샌들이나 반장화 비슷한 걸 신었는데 확실히 어느 쪽인지 모르겠습니다. 무릎까지 맨다리고 대머리였어요. 그 점을 알아차린 뒤에 처음으로 이곳의 날씨가 얼마나 더운지 깨달았답니다.

그는 아주 아름답고 우아한 생명체지만 형용할 수 없을 만큼 약한 존재였습니다. 발그레한 얼굴을 보니 폐병에 걸린 사람의 아름다움 같은 것이 느껴졌지요. 우리가 자주 들어본 그 병약한 아름다움 말입니다. 그를 보니 갑자기 자신감이 되돌아왔어요. 그래서 타임머신을 고치던 손을 내렸습니다."

5

황금기

"그렇게 우리는 서로 마주 보았어요. 나와 미래의 이 가녀린 존재. 그는 곧바로 제가 다가와 눈을 들여다보며 웃었습니다. 절 전혀 두려워하지 않는다는 걸 곧바로 알 수 있었어요. 그는 뒤따르던 다른 두 명 쪽으로 몸을 돌리더니 아주 달콤한 액체 같은 낯선 언어로 이야기했습니다.

다른 이들도 오고 있었고 이제 대략 여덟 혹은 열 명 정도로 이루어진 이 정교한 생명체 무리가 절 에워쌌어요. 그들 중 한 명이 제게 말했어요. 이상하게도 제 목소리가 그들이 듣기에 너무 낮고 거칠다는 생각이 들었죠. 그래서 전 고개를 저으며 귀를 가리켰고 다시 고개를 흔들었어요. 그가 한 걸음 다가와서 망설이더니 제 손을 만졌어요. 그때 부드럽고 작은 촉수들이 등과 어깨에도 닿는 느낌이 들더군요. 그들은 제가 진짜 존재하는 인물인지 알고 싶었던 거예요. 이 모든 과정에서 전혀 위화감이 느껴지지 않았습니다. 정말로 이 작은 무리에게선 신뢰감이 묻어났어요. 우아하고 점잖은 태도, 마치 아이 같은 편안함. 게다가 너무 연약해서 저들 전부를 볼링핀처럼 한꺼번에 다 던질 수도 있을 것 같았죠. 그러다 그들이 작은 분홍빛 손으로 타임머신을 만지는 걸 보고 얼른 경고하는 태도를 취했습니다. 다행히 너무 늦지 않았을 때 제가 잊고 있던 위험을 상기하고 타임머신의 가로대로 손을 뻗어 작은 나사를 풀어 시동 레버를 제 주머니에 넣었습니다. 그런 다음 다시 몸을 돌리고 그들과 어떤 식으로 의사소통을 할 수 있는지 알아보기로 했어요.

조금 더 자세히 그들을 살피니 드레스덴산 도자기 인형처럼 아름다운 특징을 찾을 수 있었어요. 머리카락이 균일하게 곱슬거리고 목과 뺨까지 잘 말려 있었죠. 얼굴에는 전혀 털이 없었고 귀는 두드러지게 작았어요. 입도 작고 입술은 꽤 얇으며 밝은 빨강이고 작은 턱은 끝이 뾰족했죠. 눈이 크고 온화했어요. 그리고 이건 제 자만심일지도 모르지만, 저들은 제가 기대한 만큼 저에게 큰 흥미가 있는 것 같진 않았습니다.

그들이 저와 대화하려는 의지를 보이지 않고 그냥 제 주변에 빙 둘러서서 웃으며 자기들끼리 부드럽게 웅얼거리고 있기에 제가 먼저 입을 열었어요. 전 타임머신과 저를 가리켰어요. 그리고 시간을 어떻게 표현할지 생각하느라 잠시 망설이다 태양을 가리켰지요. 보라색과 흰색 체크무늬 옷을 입은 기묘하고 아리땁게 생긴 작은 인물이 제 손짓을 쳐다보더니 천둥소리를 흉내 내서 전 깜짝 놀랐어요.

그의 제스처는 분명했지만 잠시 전 충격을 받았어요. 갑자기 이런 의구심이 들더군요. 저들은 바보일까? 그게 저한테 어떤 의미인지 여러분들은 이해하기 힘들 겁니다. 알다시피 전 늘 802000년대의 사람들은 우리보다 지식, 예술을 비롯한 모든 부분에서 엄청나게 앞서 있을 거라 기대했으니까요. 그런데 갑자기 그들 중 한 명이 제게 질문했고 그 수준이 다섯 살 아이 정도의 지적 능력이라는 걸 깨달았습니다. 제가 폭풍우를 뚫고 태양에서 나왔냐고 묻는 거였어요! 그때부터 전 그들이 입은 옷, 연약하고 가벼운 팔다리, 부서질 것 같은 몸에 대한 고정관념에서 벗어났어요. 머릿속으로 실망이 잔뜩 밀려들었어요. 타임머신을 만든 게 헛수고였다는 기분이 잠시 들었습니다.

전 고개를 끄덕이고 태양을 가리키고는 그들에게 아주 생생하게 천둥소리를 내면서 놀라게 해 줬어요. 그러자 모두 뒷걸음질 치며 몸을 숙이더라고요. 그러다 한 명이 처음 보는 아름다운 꽃다발을 들고 웃으며 다가와선 제 목에 걸어줬어요. 다들 아름다운 선율처럼 손뼉을 쳤어요. 그리고 곧장 모두가 꽃을 찾으러 갔고 웃으며 걸어줘서 전 꽃 속에 파묻혀 질식할 뻔했답니다. 수많은 세월을 거친 문화가 만든 섬세하고 근사한 꽃이 어떤지 경험해 보지 못한 여러분은 절대 상상할 수조차 없을 겁니다. 그러다 누군가 그들의 장난감인 저를 근처 건물에 전시해야 한다고 제안했어요. 그렇게 저는 종일 웃으며 지켜보던 흰 대리석 스핑크스를 지나 무늬가 새겨진 돌로 지은 커다란 회색 건물로 가게 됐어요. 그들과 함께 가면서 아주 진지하고 지적인 자손들을 보게 될 거라고 자신만만해하던 제 모습이 기억나 웃음이 터졌습니다.

건물에는 커다란 입구가 나 있고 전체 규모가 상당했어요. 자연스럽게 작은 사람들 무리가 몰려들었고 제 앞에 보이는 커다란 입구는 어둡고 신비로웠죠. 그들의 머리 너머로 본 그 세계에 대한 제 소감은 이렇습니다. 아름다운 덤불과 꽃이 무성하고, 오래 방치되었지만 잡초 한 포기 보이지 않는 정원. 처음 보는 흰꽃이 뾰족뾰족 높이 서 있는 걸 봤는데 너비가 30센티미터 정도 되는 밀랍 같은 잎사귀가 사방으로 퍼져 있었어요. 잡목들 사이에서 야생화처럼 흩어져 자랐지만 말했듯이 이땐 그렇게 자세히 보지 않았습니다. 철쭉 덤불이 난 잔디 위에 타임머신을 내버려 두고 왔으니까요.

출입구 아치는 아름다운 조각으로 풍성하게 장식했더군요. 아주 자세히 본 건 아니지만 지나다 보니 옛 페니키아 장식 같았고 풍파에 닳아 심하게 부서진 것을 알게 되었습니다. 한층 더 밝은 옷을 입은 사람 여럿이 입구에서 절 맞이했고 우리가 안으

로 들어가니 꽃목걸이를 잔뜩 걸고 우중충한 19세기 옷을 걸친
저는 충분히 기괴해 보였어요. 밝고 부드러운 긴 가운을 걸친 사
람들, 그들의 반짝이는 흰 팔다리와 아름다운 웃음소리와 말소
리에 둘러싸이니 더욱 그럴 수밖에요.

커다란 입구를 지나니 그만큼 커다란 갈색 홀이 나타났어요.
지붕에는 그늘이 지고 창문은 일부는 유색 유리고 일부는 일반
유리로 되어 있고 온화한 빛을 내뿜었어요. 바닥은 아주 단단한
흰 금속 같은 걸 잔뜩 쌓아서 만들었는데 평판도 슬래브도 아니
었어요. 금속 벽돌인데 상당히 닳았어요. 자주 다니는 길을 따
라 더 깊이 파진 걸로 봐서 세대를 이어 온 것 같았어요. 홀의
세로를 따라 광을 낸 슬래브 테이블이 바닥에서 30센티미터 높
이로 잔뜩 놓여 있는데 그 위에는 과일이 수북하게 쌓여 있었
죠. 일부는 거대한 딸기와 오렌지종 같았지만 대부분은 처음 보
는 것들이었어요.

테이블 사이사이에는 쿠션이 잔뜩 흩어져 있었어요. 절 데려
간 이들이 자리에 앉더니 저에게도 앉으라고 손짓하더군요. 거
창한 의식 없이 그들은 손에 과일을 들더니 껍질과 줄기를 벗긴
다음 테이블 옆쪽의 둥근 구멍으로 던져 버리고 먹었어요. 그들
을 따라 하기 싫진 않았어요. 갈증이 나고 배가 고팠거든요. 그
래서 즐겁게 먹으며 홀을 자세히 살펴봤지요.

제가 주목한 부분은 홀의 황폐한 모습이었어요. 기하학적 무

늬로만 이루어진 스테인드글라스 창문은 여러 곳이 깨졌고 길게 드리워진 커튼에는 두껍게 먼지가 붙어 있었어요. 근처에 있는 대리석 테이블 모퉁이에 금이 간 걸 봤어요. 그렇지만 전반적으론 엄청나게 부유하고 근사하다는 느낌이었어요. 대략 200명 정도가 이 홀에서 식사를 즐기고 있었는데 대다수는 처음 올 때부터 제 근처에 자리 잡아 작은 눈을 과일 위로 반짝이며 흥미롭게 절 쳐다보았죠. 모두가 똑같이 부드럽지만 질기고 실크 같은 소재의 옷을 입고 있었어요.

말이 났으니 말인데 과일이 그들의 주식 전부였어요. 이 먼 미래 사람들은 철저한 채식주의자이고 그들과 같이 있을 때 전 고기가 먹고 싶었지만 어쩔 수 없이 과일만 먹어야 했어요. 나중에 전 말, 소, 양, 개가 어룡에 이어 멸종했다는 사실을 알게 되었어요. 하지만 과일은 아주 맛있었어요. 특히 하나는 제가 머문 그 계절에 늘 볼 수 있었어요. 껍질이 세 면으로 되어 있고 가루가 많은 과일인데 특히나 맛있어서 주식으로 삼았답니다. 처음에는 이 낯선 과일들, 낯선 꽃 때문에 놀랐지만 나중에는 그 중요성을 알게 되었어요.

그렇지만 전 지금 여러분에게 먼 미래의 제 과일 식사에 대해 들려주고 있어요. 식욕을 좀 해결하니 이 새로운 인류의 말을 배우고 싶다는 마음이 생기더군요. 확실히 그게 제가 다음으로 해야 할 일이었어요. 과일은 말을 시작하기 좋은 수단 같았고 하나를 집어 들고 전 궁금한 듯 소리를 내고 제스처를 연달아 보였어요. 의미를 전달하는 데 상당히 어려움을 겪었어요. 처음에는 제가 노력하는 모습을 그저 놀란 눈빛으로 쳐다보거나 계속 웃기만 하더니 금발 머리의 작은 사람이 제 의도를 알아차리고 과일 이름을 반복해서 말해줬어요. 그들이 서로 이야기를 나누고 길게 설명했고, 그들의 언어 속 정교한 소리를 내보려고 애쓰는 제 모습이 처음에는 그들에겐 커다란 즐거움을 가져다주었던 것 같아요. 그렇지만 전 아이들 틈에 있는 선생님이 된 기분이었어요. 집요하게 굴다 보니 명사를 스무 개 정도 익혔고 곧이어 적어도 제 요구를 말할 수 있게 되었답니다. 그런 다음 지시대명사를 익혔고 더 나아가 '먹다'라는 동사도 알게 되었어요. 하지만 더딘 작업이었고 작은 사람들이 이내 지쳐서 제 질문에서 도망치고 싶어 하기에 어쩔 수 없이 그들이 내킬 때만 배우기로 했어요. 그런데 배움의 시간이 아주 짧다는 점을 얼마 못 가 알게 되었어요. 그들처럼 쉽게 피로해지거나 게으른 이들을 전 한 번도 본 적이 없었어요."

6

마지막 인류

"절 초대한 종족에 대해 이내 특이한 점을 발견하게 됐습니다. 그들에게서는 호기심을 찾아볼 수가 없었어요. 아이들처럼 신나서 소리 지르며 제게 왔지만, 아이들이 그렇듯 금방 싫증을 내고 다른 장난감을 찾아 떠나버리더군요. 저녁 식사와 대화는 짧게 끝났고 제일 처음 절 에워쌌던 이들이 모두 가버리고 없다는 사실을 알게 되었어요. 저 역시도 이 작은 사람들을 그렇게나 빨리 무시하게 되어 신기할 따름이었죠. 허기가 어느 정도 채워지자 곧바로 입구를 통해 햇빛이 비치는 바깥세상으로 나갔습니다. 계속해서 더 많은 미래 인간을 만났고 그들은 조금 거리를 두고 절 따라오면서 수군거리며 웃어댔고 친절하게 미소 짓고 다정한 몸짓을 보이다가 내키는 대로 다시 자리를 비웠어요.

큰 홀에서 나올 때 해가 지면서 노을이 주변을 따뜻하게 물들였어요. 처음에는 아주 혼란스러웠죠. 제가 알던 세상이랑 모든 게 완전히 달랐으니까. 심지어 꽃조차도. 제가 벗어난 커다란 건물은 넓은 계곡 언덕에 자리했는데 아마도 템스강이 지금 위치에서 1.6킬로미터 정도 옮겨간 것 같았습니다. 2.4킬로미터 떨어진 언덕 꼭대기에 올라가보기로 마음먹었고 정상에 오르니 서기 802701년의 지구 모습을 한층 넓게 볼 수 있었어요. 타임머신의 다이얼에 기록된 날짜를 말하는 겁니다.

걸어 다니며 제가 본 황폐하면서 화려한 이 광경, 황량함 그자체를 설명할 수 있는 모든 요소를 찾아보려고 애썼습니다. 언덕을 조금 오르니 알루미늄 덩어리와 한데 묶어 화강암을 잔뜩 쌓아두었고 가파른 성벽과 무너진 돌무더기로 된 거대한 미로가 보였고 그 한가운데는 쐐기풀처럼 보이는 식물이 매우 아름다운 탑처럼 쌓여 있더군요. 잎사귀가 갈색으로 아름답게 물들었고 가시가 없었어요. 분명 방치된 아주 커다란 구조물의 잔해일 텐데 어떤 용도의 건물이었는지는 판단할 수가 없었습니다. 나중에 전 여기서 아주 이상한 경험을 하게 됐어요. 더 낯선 뭔가를 알게 될 거라는 첫 번째 암시였는데, 아무튼 이 부분은 때가 되면 다시 설명해 드리도록 하겠습니다.

잠시 쉬던 노지에서 주변을 둘러보다 불현듯 주택이 하나도 보이지 않는다는 점을 발견했어요. 분명 집도 구성원도 남아 있지 않았어요. 풀 사이 여기저기 궁전 같은 건물이 있지만 우리

영국의 고유한 풍광 속 주택이나 초가집은 모조리 자취를 감췄습니다.

'공산주의야.' 전 혼자서 중얼거렸어요.

그 광경을 보니 다른 생각이 들었죠. 그래서 절 따라오던 작은 사람 여섯을 쳐다봤어요. 그러자 모두가 같은 옷을 입었고 똑같이 털이 없는 부드러운 얼굴과 팔다리가 여자처럼 둥글다는 점을 순식간에 알아차렸어요. 더 빨리 이 점을 파악하지 못한 게 이상하다고 느낄지도 모르겠습니다. 하지만 모든 것이 너무 낯설었어요. 이제야 상황을 이성적으로 볼 수 있게 됐어요. 지금 우리 시대는 옷이나 피부, 행동거지를 통해 성별을 드러낼 수 있지만 미래의 종족은 모두 같은 옷을 입었습니다. 그리고 제 눈에 아이들은 그저 부모의 미니어처처럼 보였어요. 그 시대에는 아동이 적어도 신체적으로는 엄청나게 조숙하다고 판단했고 이후 제 생각을 뒷받침할 증거들을 아주 많이 찾았습니다.

이 사람들의 생활이 편안하고 안정적인 것으로 보아 성별에 차이가 나지 않는 건 결국 누구나 예상할 수 있는 부분이라고 느꼈어요. 남성의 강인함과 여성의 부드러움, 가족의 탄생과 직업의 다양화는 순전히 물리적 힘의 시대에 필요한 호전성일 테죠. 인구가 균형을 이루고 충분하다면 출산을 많이 하는 건 나라에 축복이라기보단 악을 초래할 뿐이니까요. 폭력이 거의 드물고 자손이 안전한 나라에선 효율적인 가정에 대한 필요가 적어요. 정말 전혀 필요하지 않을 거예요. 아이를 낳을 당위성이 사라졌으니 성별을 특정하는 행위도 마찬가지죠. 이 부분은 지금 시대에서도 일부 이루어지고 있고 미래 시대에 완성이 된 겁니다. 당시 제 관점은 그랬다는 걸 여러분에게 알려드리는 거예요. 나중에 전 제 생각이 현실과 얼마나 동떨어져 있는지 깨닫게 되었어요.

이런 생각을 하다 둥근 지붕 아래 우물 같은 아름다운 작은 구조물로 눈길이 갔습니다. 우물이 여전히 있다니 이상하다는 생각을 잠시 했다가 다시 예전 생각으로 돌아갔지요. 언덕 꼭대기 쪽으로는 커다란 건물이 없고 제가 걷는 힘이 분명 초자연적이었는지 처음으로 혼자 남게 되었습니다. 정상을 향해 속도를 내면서 이상하게 자유와 모험심이 느껴졌습니다.

그곳에서 뭔지 모를 노란 금속 의자를 봤어요. 분홍빛으로 녹이 슬고 절반은 이끼에 뒤덮였고 팔걸이는 주물로 되어 있는데 그리핀의 머리를 닮은 장식으로 꾸며 놓았더군요. 의자에 앉으니 길었던 하루의 일몰 아래 우리 낡은 세상을 넓게 살펴볼 수 있었습니다. 제가 본 가장 근사하고 멋진 광경이었어요. 해는 이미 지평선을 넘어갔고 서쪽을 금빛으로 물들이며 보라색과 진홍빛 줄을 만들었어요. 템스 계곡 아래로 강물이 빛나는 강철처럼 흘렀어요. 아까 이야기했던 다채로운 숲속에 듬성듬성 자리한 커다란 궁전들은 일부는 폐허가 되었고 일부는 아직도 사

람이 살고 있었어요. 버려진 정원에 흰색 혹은 은색 장미가 간간
이 피었고 지붕이나 첨탑 같은 구조물이 날카롭게 수직으로 모
습을 드러냈어요. 산울타리, 사유지 표지도 없고 농사를 지은
흔적도 없었으며 땅 전체가 정원이 되어버렸어요.

그렇게 풍경을 살피다 지금까지 제가 본 것들에 대해 스스로
해석을 붙이게 되었습니다. 그날 저녁 제 마음에 자리한 해석은
이런 식입니다. (나중에 나는 절반의 진실만을, 아니 진실의 극히 일부
만 맞았다는 사실을 알게 됐습니다.)

인류가 쇠퇴해 가는 시기에 제가 오게 된 것 같았습니다. 붉
은 노을을 보니 인류가 그렇게 저물어가고 있다는 생각이 들더
군요. 처음으로 전 우리가 지금 하고 있는 사회적 노력의 특이한
결과를 깨닫기 시작했습니다. 그러나 생각해 보면 충분히 논리
적인 결과입니다. 힘은 필요의 산물입니다. 안전은 약함 위에 자
리합니다. 인생의 조건을 개선하는 작업은 인생을 더욱더 안정
적으로 해주는 진정한 시민화 과정으로서 점차 정점에 올랐습
니다. 하나로 뭉쳐 자연을 굴복시킨 인류가 얻은 성취가 다음 성
취로 이어졌어요. 지금은 꿈에 불과한 것들이 본격적으로 진행
되어 앞으로 나갔습니다. 제가 그 수확을 본 겁니다!

결과적으로 오늘날 공중위생과 농업은 여전히 기초적인 단계
에 있습니다. 우리 시대 과학은 인간의 질병 분야만 일부 공략했
지만 조금씩 꾸준히 그 영역을 넓혀 나갔습니다. 우리 농업과 원

예는 아무렇게나 잡초를 박멸하고 전체 식물의 일부, 스무 종 정도만 배양하고 나머지 상당수는 알아서 균형을 찾도록 내버려 둡니다. 우리는 차츰 종을 선별해서 좋아하는 식물과 동물만 개량하지만, 그 수가 아주 적습니다. 이제 새롭고 더 나은 복숭아, 씨 없는 포도, 더 달콤한 향이 나는 큰 꽃, 한층 돌보기 편리한 소 품종이 나왔습니다. 우리가 이들을 차츰 개량한 건 우리의 이상향이 모호하고 시범적이며 우리가 가진 지식이 상당히 제한적이기 때문입니다. 자연도 마찬가지로 우리의 서툰 손길에 주저하고 느리게 반응하게 되었습니다. 언젠가 이 모든 것들이 더 잘 조직되고 그러면서 더 나아지겠죠. 이것이 소용돌이 속에서 흘러가는 방향입니다. 온 세계가 지성을 갖고 교육을 받고 공동체로 운영될 겁니다. 모든 것이 자연을 정복하는 방향으로 더 빨리 움직일 겁니다. 결국 우리는 동물과 식물의 생장 균형을 인류의 필요에 맞춰 현명하고 세밀하게 재조정해 나갈 겁니다.

전 이 조정이 분명 잘 끝났다고 봅니다. 제 타임머신이 찾아가는 모든 시공간에서 잘 이루어졌습니다. 공기 중에는 모기가 없고 흙에는 잡초나 균이 없었습니다. 사방에 과일을 비롯해 달콤하고 근사한 꽃들이 보였습니다. 여기저기 멋진 나비가 날아다녔고요. 예방 의학의 이상이 충족되었습니다. 질병이 근절됐으니까요. 머무는 동안 어떤 감염병의 징조도 보지 못했습니다. 그리고 이런 변화에 완전히 영향을 받은 부패와 쇠퇴 과정에 대해서는 좀 있다 알려드리겠습니다.

사회적인 성취 역시 영향을 받았습니다. 전 인류가 근사한 쉼터를 짓고 멋진 옷을 입은 걸 봤지만 그들은 전혀 일하지 않았습니다. 어떤 어려움의 징조도, 사회적이나 경제적인 어려움도 찾아볼 수 없었습니다. 상점, 광고, 교통 등 우리 사회를 이루는 모든 상업시설이 사라졌습니다. 그 황금빛 저녁에 제가 사회적 낙원을 떠올린 것도 무리가 아니지요. 인구가 증가하면서 어려움이 생기자 인구 성장을 멈춘 것으로 판단됩니다.

그러나 조건 속 이런 변화에 인간은 어쩔 수 없이 적응하게 됩니다. 생물과학 분야가 착오투성이가 아니라면 인간의 지성과 체력은 어떻게 생겨났을까요? 고난과 자유. 활동적이고 강하고 지적인 사람이 살아남고 약자가 도태되는 환경, 능력 있는 사람들의 충실한 동맹과 자제, 인내, 결정에 중점을 둔 환경조건. 가족의 구성과 그 안에서 생겨나는 감정, 맹렬한 질투, 자식에 대한 애정, 부모의 자발적 헌신, 자녀에게 급박한 위험이 닥쳤을 때 이 모든 감정이 정당화되고 지지를 받습니다. 그런데 지금 이런 급박한 위험은 어디에 있나요? 배우자에 대한 질투, 강렬한 모성, 모든 부류의 열정에 반대하는 정서가 생겨나서 자랄 것입니다. 지금은 필요하지 않은, 우리를 불편하게 만드는 야생성은 세련되고 즐거운 인생과 불협화음을 이룹니다.

작은 사람들의 호리호리한 몸, 부족한 지성, 커다랗고 많은 폐허를 생각하니 자연을 완전히 정복했다는 제 믿음이 굳건해졌습니다. 전투 후에 마침내 고요함이 찾아온 거죠. 인류는 강하고 에너지가 넘치고 지적이었으며, 그 풍부한 활력을 생활 환경을 바꾸는 데 모조리 사용했습니다. 그리고 지금 바뀐 환경에 대한 반응이 나타난 것입니다.

완벽한 편안함과 안정이라는 새로운 환경 아래서 지치지 않는 에너지, 우리 안에 있는 힘은 약해지기 마련입니다. 지금 우리 시대에도 어떤 경향과 욕망은 한때 생존에 필요했지만, 실패가 계속되는 원인이 되었습니다. 예를 들어, 육체적 용기와 호전적인 마음은 문명인에게 큰 도움이 되지 않으며 오히려 방해물일 뿐입니다. 안전한 상황에서 지성은 육체와 마찬가지로 중요하지 않습니다. 수많은 세월 동안 전쟁이나 단적 폭력의 위협, 야생동물의 습격이 없었고 강인한 체력이 필요한 질병도, 노동도 없었다고 판단했습니다. 그런 인생에서 우리는 약함을 강함과 마찬가지로 더 이상 약하다고 부를 필요가 없습니다. 출구가 없기에 힘은 에너지로 흩어져 오히려 약자가 더 유리해지겠죠. 제가 본 아름다운 건축물은 이제 소용없는 인류의 에너지가 마지막으로 폭발해 탄생한 결과물일 겁니다. 그들이 환경조건에 완벽히 적응하면서 에너지는 사그라들었습니다. 그렇게 최후의 위대한 평화가 시작되었습니다. 이것이 안전한 사회 속 에너지의 숙명입니다. 에너지가 예술과 에로티시즘으로 갔다가 권태로워지고 쇠퇴한 겁니다.

이 예술적 추진력조차 결국 소멸해 갑니다. 제가 본 시대에선 거의 죽었으니까요. 자신을 꽃으로 장식하고 춤추고 햇빛 아래서 노래를 부르는 것. 남아 있는 예술적 정신은 그뿐입니다. 그마저도 결국엔 만족한 무기력으로 끝나겠지요. 우리는 계속해서 고통과 필요를 연마하는 데 집중해 왔고 제게 미래의 이곳은 그 끔찍한 연마가 마침내 끝난 상태였습니다!

어둠이 내리는 그곳에 서서 전 이 단순한 설명으로 세상의 문제를 파악했다고 봤습니다. 이 근사한 사람들의 비밀을 제대로 파헤쳤다고 말입니다. 인구 증가를 막기 위해 고안한 방법이 너무 잘 작용해서 그들의 수가 안정적인 것보다 더 줄어들었을 가능성도 있습니다. 그러면 버려진 폐허가 설명되니까요. 제 말은 아주 간단하고 그럴싸합니다. 대부분의 잘못된 이론이 그런 것처럼요!"

7
갑자기 맞이한 충격적인 상황

"인류의 너무 완벽한 성취를 보며 즐겁게 서 있는데 북동쪽 은빛 강물 위로 노랗고 불룩한 보름달이 떠오르기 시작했습니다. 화려한 옷을 입은 작은 사람들이 돌아다니는 모습도 보이지 않았고 소리 없이 부엉이 한 마리만 스쳐 지나갔어요. 전 차가운 밤공기에 몸을 떨었답니다. 그만 내려가서 잘 곳을 찾아야겠다고 마음먹었어요.

전 눈에 익은 건물을 찾아봤어요. 달이 뜨니 청동 주축대 위에 놓인 흰 스핑크스 조각상이 두드러지게 반짝여 시선이 가더군요. 동상 너머로 은빛 자작나무가 보였습니다. 어스름한 빛에 검게 변한 철쭉 덤불도, 작은 잔디밭도 눈에 들어왔어요. 다시금 잔디를 쳐다봤어요. 제 자신감 위로 기묘한 의구심이 소름처럼 올라왔어요. '아니.' 전 스스로에게 소리쳤어요. '저건 그 잔디가

아니야.'

　그런데 그 잔디더군요. 폐병에 걸린 사람 같은 스핑크스의 새하얀 얼굴이 그쪽으로 향해 있었어요. 확신이 다시 돌아왔을 때 제 기분이 어땠을지 여러분은 상상이 가나요? 아니, 그렇지 않을 겁니다. 타임머신이 사라져 버렸어요!

　내 시대를 잃어버리고 이 낯선 세상에서 아무것도 할 수 없는 존재로 남겨질 가능성이 채찍처럼 튀어나와 얼굴을 때렸어요. 생각만으로도 실제 몸으로 고통이 느껴졌어요. 두려움이 목을 조여와 숨을 쉴 수 없었어요. 전 공포심에 사로잡혀 미친 듯이 언덕을 달려 내려왔어요. 바닥으로 곤두박질쳐서 얼굴에 찰과상도 입었어요. 상처를 지혈할 시간 따윈 없어서 벌떡 일어나 다시 달렸고 뺨과 턱으로 뜨거운 피가 흘러내렸어요. 전 달리는 내내 스스로에게 말했어요. '저들이 타임머신이 걸리적거리지 않도록 덤불 아래로 살짝 옮긴 걸 거야.' 그렇게 말하면서도 사력을 다해서 달렸어요. 물론 이렇게 확신하는 게 바보 같은 짓이라는 걸 알았기에 엄청 두렵기도 했어요. 저들이 제 손이 닿지 않는 곳으로 타임머신을 치웠다고 본능적으로 느꼈거든요. 전 고통스럽게 숨을 쉬었어요. 언덕 꼭대기에서 작은 잔디밭까지 대략 3킬로미터 거리를 10분 안에 전력 질주했으니. 전 혈기 왕성한 나이가 아니니까요. 달리면서 전 타임머신을 그렇게 내버려둔 어리석은 스스로를 크게 탓하며 아까운 에너지를 잡아

먹었죠. 큰 소리로 외쳤지만 누구도 대답하지 않았어요. 달빛 아래 세상에서 누구도 동요하지 않는 듯했어요.

잔디밭에 도착하니 가장 끔찍한 두려움이 현실이 되어 있었어요. 어디서도 타임머신의 흔적이 보이지 않았어요. 어스름한 덤불 주위의 텅 빈 공간을 보니 한기가 들며 아찔해지더군요. 미친 듯이 주변을 살피며 혹시라도 모퉁이에 숨어 있지 않을까 기대하다가 거칠게 멈춰선 두 손으로 머리를 쥐어뜯었어요. 청동 주축대 위로 달빛을 받아 하얗게 반짝이는 스핑크스의 창백한 얼굴이 보이더군요. 실망한 제 모습을 조롱하듯 비웃는 것 같았어요.

작은 사람들이 저를 대신해 기계를 안전한 곳으로 옮겼을 거라고 상상하며 위안할 수도 있지만 체력적으로나 지적으로 그들이 그렇게 할 수 있을 리가 없으니 그런 생각도 할 수 없었어요. 제가 절망한 이유는 이렇습니다. 지금껏 생각지도 못한 어떤 힘이 끼어들면서 제 발명품이 사라져 버렸다는 점이죠. 대신 한 가지는 확실히 느꼈어요. 다른 시대가 제 타임머신을 똑같이 복제하지 않는 한, 시간 속에서 옮겨질 가능성이 없다고요. 나중에 방법을 보여 드릴 건데 타임머신을 옮길 때 누가 마음대로 조작하지 못하게 레버를 떼어뒀거든요. 그런 걸 옮겼다니 그 말인즉 어디에 숨겨둔 거죠. 그렇다면 대체 어디에 두었을까요?

전 꽤 격분했던 것 같습니다. 달빛 아래 스핑크스 주변 덤불을 미친 듯이 뒤졌고 그러다 놀란 동물이 튀어나왔어요. 흐릿한 빛에서 보니 작은 흰 사슴이었습니다. 그날 저녁 늦게 부러진 가지에 손이 긁히고 피가 날 때까지 덤불을 주먹으로 마구 후려치던 것도 기억나네요. 전 흐느끼고 마음속 분노로 발광하면서 커다란 석조 건물을 향해 갔습니다. 커다란 홀은 어둡고 조용하고 텅 비어 있었어요. 전 울퉁불퉁한 바닥에 미끄러져 공작석 탁자 위로 넘어져 정강이가 부러질 뻔했답니다. 성냥을 켜고 앞서 말했던 먼지 낀 커튼을 지나 걸었어요.

거기서 쿠션으로 덮인 또 다른 큰 홀을 찾았고 스무 명 정도의 작은 사람 한 무리가 자는 모습을 봤습니다. 제가 또 나타나니 그들이 이상하게 여긴 건 당연했고 갑자기 조용하던 어둠 속에 성냥 불꽃이 지지직거리며 타들어 가는 낯선 소리가 나니 놀랐겠죠. 그들에게 성냥은 잊힌 지 오래됐을 테니까요.

'내 타임머신이 어디에 있죠?' 전 화난 어린아이처럼 악을 쓰며 물었고 그들을 손으로 한 데 잡아 흔들었어요. 그들에겐 너무 의아한 일이었나 봅니다. 누군가는 웃었고 대부분은 몹시 겁에 질린 표정을 지었어요. 그들이 일어나 제 주변을 에워쌌고 그제야 비로소 이 상황에서 제가 그들에게 해서는 안 되는 가장 어리석은 짓을 저질렀다는 생각이 들더군요. 두려움을 다시 알게 해준 거였어요. 그들이 낮에 보였던 행동으로 미루어봐서 이미 두려움이란 감정을 잊었다고 생각했거든요.

전 재빨리 성냥을 버렸고, 그 와중에 제 앞에 있던 사람을 쓰러뜨리고 커다란 홀을 빠져나와 달빛 아래로 나갔어요. 공포에 휩싸인 비명과 작은 발이 달리고 이리저리 치이는 소리가 들렸어요. 달이 어느새 하늘 위로 올랐는데 그 사이 제가 무슨 짓을 했는지 일일이 기억이 나지 않네요. 예상치 못한 상실감에 미쳐버린 것 같았어요. 제 동족에게서도 무자비하게 내쳐져 미지의 세계 속 낯선 동물이 되어버린 기분을 느꼈습니다. 전 사방으로 악을 쓰고 하느님과 운명의 신을 향해 소리를 질러댔어요. 길었던 절망의 밤이 지나니 끔찍한 피로가 몰려왔던 기억이 나는군요. 타임머신을 숨기기 불가능한 곳들까지 이리저리 들여다보고 달빛 아래 폐허를 헤매고 검은 어둠 속 낯선 생명체를 만지기도 했어요. 마침내 스핑크스 근처 바닥에 누워 비참한 상태로 흐느꼈고 타임머신을 그냥 방치한 어리석음에 대한 분노조차 기력과 함께 빠져나가 버렸어요. 그저 절망밖에 남지 않았죠. 그러다 잠이 들었고 일어나보니 해가 떴고 잔디 위 손이 닿을 거리에서 참새 한 쌍이 뛰어놀고 있었어요.

전 상쾌한 아침을 맞이하고 어떻게 여기 있는지, 어째서 완전히 버려지고 절망에 빠진 기분이 드는지 떠올려 보려고 애썼어요. 그러다 모든 게 제대로 기억났어요. 평범하고 이성적인 햇살 아래 제가 처한 상황을 제대로 볼 수 있었어요. 광분해 날뛴 어리석은 미치광이를 마주하고 나니 다시 이성적으로 생각할 수 있게 됐어요. 전 스스로에게 물었습니다. '최악의 상황은 뭘까? 타임머신이 사라졌고 완전히 망가졌다면? 그렇다면 침착하고 인내를 가지고 이 사람들에 대해 파악하고 잃어버린 걸 회복할 방법과 재료와 도구를 얻을 수단까지 생각해야 해. 그러면 결국 엔 타임머신을 새로 만들 수 있을지도 몰라.' 그게 저한테는 유일한 희망, 어쩌면 열악한 희망이지만 절망에 빠져 허우적거리는 것보다는 훨씬 나았어요. 그리고 어찌 됐든 여긴 아름답고 흥미로운 세상이니까요.

그런데 어쩌면 타임머신을 그냥 다른 데로 치워둔 것일지도 모르죠. 그렇다고 해도 침착하고 인내하면서 숨겨둔 장소를 찾고 무력을 쓰거나 계략을 이용해 되찾아야겠지요. 그런 생각을 하면서 전 두 발로 겨우 일어나 주변을 살피며 씻을 만한 곳을 찾았습니다. 지치고 온몸이 뻐근하고 여행으로 더러워졌으니까요. 상쾌한 아침이 저도 그만큼 상쾌해지길 갈망하게 만들었어요. 전 기진맥진한 상태였습니다. 정말로 지난밤 타임머신을 찾으러 다니면서 왜 그렇게 심하게 흥분했는지 궁금해지더군요.

전 작은 잔디 주변을 자세히 살펴보았어요. 지나가다 마주친 작은 사람들에게 타임머신을 보지 못했는지 물어보느라 쓸데없이 시간만 낭비했습니다. 모두 제 제스처를 이해하지 못했어요. 일부는 그저 둔감했고 다른 일부는 농담인 줄 알고 절 보고 웃기만 하더군요. 웃고 있는 그 아름다운 얼굴을 한 대 갈겨주고 싶은 충동을 억누르는 게 가장 힘들었어요. 어리석은 충동이었지만 두려움과 맹목적인 화가 만들어낸 악마는 삐뚤어질 대로 삐뚤어져서 여전히 제 혼란을 이용하려고 했어요.

그때 대지가 제게 좋은 조언을 해줬어요. 스핑크스 주축대와 제가 도착했을 때 발자국이 찍힌 사이쯤에서 바퀴 끌린 자국을 찾았거든요. 처음 기계가 뒤집어져서 고생하던 그 위치였죠. 옮긴 다른 흔적도 찾았는데 나무늘보가 만든 것 같은 이상하게 좁은 발자국이 있었어요. 발자국을 따라 스핑크스 주축대를 자세히 살폈어요. 말씀드렸던 것 같은데 청동 받침대 말입니다. 그냥 사각형이 아니라 양쪽에 깊게 프레임을 짠 패널로 꾸며뒀더라고요. 전 그 부분을 두드려봤어요. 속이 비어 있었어요. 패널을 자세히 보니 프레임이 끊겨 있더군요. 손잡이나 열쇠 구멍은 없었지만 만약 패널이 문이라면 안에서 열릴 거라는 생각이 들었어요. 한 가지는 확실해졌어요. 제 타임머신이 저 주축대 안에 들어가 있다는 해석을 내놓는 게 그리 어렵지 않더군요. 하지만 타임머신이 어떻게 그 안으로 들어갔는지는 다른 문제였어요.

주황색 옷을 입은 두 사람의 머리가 덤불을 헤치고 꽃이 핀 사과나무 아래를 지나 제게로 오는 모습이 보였어요. 전 그들에게 미소를 보이고 제 쪽으로 오라고 손짓했어요. 그들이 왔고 전 청동 주축대를 가리키며 열어달라고 표현했어요. 하지만 제 첫 제스처에 그들은 아주 이상하게 굴더군요. 그들의 표현을 여러분에게 어떻게 전해야 할지 모르겠습니다. 교양 있는 여성에게 음란하고 부적절한 제스처를 보냈을 때 여성이 짓는 표정을 한 번 떠올려 보세요. 그들은 엄청난 모욕을 당한 사람들처럼 자리를 떴어요. 그 옆에 있던, 흰옷을 입은 착해 보이는 작은 남성에게도 부탁해 봤지만 결과는 똑같았어요. 왠지 모르지만 그의 태도 때문에 스스로가 부끄럽더군요. 하지만 아시다시피 전 타임머신을 찾아야 해서 다시 그에게 손짓했어요. 그가 다른 이들처럼 몸을 돌리자 전 성질이 났어요. 세 걸음에 곧장 그를 뒤따라 잡았고 목 주변 느슨한 옷 부분을 당겨 그를 스핑크스 쪽으로 질질 끌고 왔어요. 그때 공포와 혐오로 뒤덮인 그의 얼굴을 보았고 곧바로 전 그를 놔줄 수밖에 없었어요.

그렇지만 아직 끝난 건 아니었어요. 전 청동 패널을 주먹으로 때렸어요. 안에서 뭔가 동요하는 소리가 났어요. 낄낄거리는 소리 같았는데 제가 착각한 거겠죠. 그런 다음 전 강에서 큰 자갈을 찾아서 가져온 다음 장식 코일 부분이 납작해지고 푸른 녹이 가루가 되어 떨어질 때까지 두드렸어요. 사방으로 1.6킬로미터 밖까지 두드리는 소리가 울려 퍼져서 연약한 작은 사람들이 분명 들었을 테지만 누구도 와보지 않더군요. 언덕 위에서 한 무리가 몰래 절 쳐다본다는 사실을 알았습니다. 결국 덥고 지쳐서 전 주저앉아 주축대를 감시하기로 했어요. 하지만 오래 할 기력이 남아 있지 않았어요. 밤을 새우기엔 너무나 서양 사람이었으니까요. 수년간 문제를 해결할 수는 있지만 아무것도 하지 않고 24시간 기다리기만 하는 건 또 다른 문제였어요.

잠시 뒤에 자리에서 일어나 다시 덤불을 헤치고 언덕을 향해 터벅터벅 걸었어요. 스스로에게 말했죠. '인내를 가져. 타임머신을 다시 찾고 싶으면 저 스핑크스를 가만히 둬야 해. 저들이 네 타임머신을 가져갈 생각이라면 네가 청동 패널을 부서뜨려봐야 좋을 게 없잖아. 만약 저들이 가져갈 마음이 아니라면 네가 요구하는 즉시 돌려줄 테지. 혼란 속에 아무것도 모르는 채 앉아 있는 건 절망적이야. 그런 식이면 편집증에 사로잡힐 거라고. 이 세상을 똑바로 봐. 저들의 방식을 배우고, 살피고, 너무 성급하게 의미를 단정 짓지 마. 결국 단서를 찾을 수 있을 거야.'

그러자 갑자기 이 상황이 유머러스하게 느껴졌습니다. 몇 년 동안 연구하고 미래로 가려고 애썼던 시간들, 그리고 지금 거기서 벗어나려고 안달이 난 제 모습이요. 전 사람이 만들 수 있는 가장 복잡하고 가장 절망적인 덫을 직접 만들었어요. 저 스스로 거기에 갇혔지만 벗어날 수가 없었어요. 그 점이 너무 웃겨서 큰 소리로 웃었어요.

커다란 왕궁을 지나가는데 작은 사람들이 절 피하는 느낌을 받았어요. 제 공상일 수도 있고 어쩌면 청동 문을 난도질한 일과 관련이 있을지도 모릅니다. 그렇지만 저를 피하는 건 확실했어요. 다만 아무렇지도 않은 척하고 그들을 쫓아가지 않도록 조심해야 했어요. 하루이틀 정도 지나니 그들이 예전처럼 살갑게 굴더군요. 언어를 조금 더 익혔고 이곳저곳 더 살폈어요. 제가 미묘한 부분을 놓쳤거나 그들의 언어가 너무 심하게 간단하거나 둘 중 하나였어요. 명사와 동사로만 이루어져 있더군요. 혹시라도 추상적인 용어가 있다고 해도 극히 적거나 비유적인 표현을 거의 쓰지 않았어요. 그들은 보통 두 단어로 이루어진 짧은 문장만 썼어요. 제가 가장 간단한 명제를 전달하는 데 실패했거나 아니면 이해하지 못했나 봅니다. 어쩔 수 없이 타임머신과 스핑크스 아래 청동 문의 미스터리에 관해 최대한 기억 저 먼 곳으로 보내 두기로 마음먹었죠. 이곳에 대한 지식이 쌓여 자연스럽게 그 생각이 다시 떠오르게 될 때까지. 그렇지만 제가 도착한 지점 주변의 몇 킬로미터 범위 안에 있을 때면 어떤 감정이 생겨나 절 괴롭혔습니다. 아마 여러분은 이해하실 거라 생각합니다."

8
시간 여행자가 세운 가설

"지금까지 제가 파악한 바로는 이 미래 세상이 템스강 유역의 풍성함을 그대로 간직하고 있습니다. 올라가는 언덕마다 근사한 건물이 잔뜩 보였어요. 끝도 없이 다양한 재료와 양식을 활용했더군요. 숲의 군락과 꽃이 핀 나무와 울타리들도 그랬습니다. 사방에서 물이 은빛으로 빛났고 그 너머 대지는 푸르고 완만한 언덕은 고요한 하늘 아래로 이어졌어요. 그런데 특이한 형태를 한 깊은 우물이 제 시선을 사로잡았습니다. 원형으로 여러 개가 있었어요. 하나는 처음 산책을 하면서 발견했는데 언덕까지 이어져 있더군요. 다른 우물과 마찬가지로 청동 테두리에 흥미로운 세공 기법을 썼고 비를 피할 수 있도록 작은 지붕이 달렸습니다. 이 우물 옆에 앉아서 어두운 안을 들여다보니 반짝이는 물빛도 보이지 않고 성냥으로 불을 밝혀도 그저 깜깜하기만 하더군요.

그런데 모든 우물에서 하나같이 어떤 소리가 들렸어요. 쿵, 쿵, 쿵. 꼭 커다란 엔진이 도는 소리 같았어요. 성냥을 켜니 불빛이 흔들리는 걸로 보아 아래쪽에 공기가 안정적으로 통하고 있다는 점을 알았습니다. 게다가 종이 조각을 하나 던져 보니 천천히 펄럭이며 내려가지 않고 곧장 재빨리 빨아들여 시야에서 사라졌어요.

얼마 지나서 전 이 우물들이 언덕 곳곳에 서 있는 높은 탑과 관련 있다고 생각하게 되었습니다. 더운 날 뜨거운 해변에 있을 때처럼 탑 위로 공기가 아른거리는 모습을 자주 목격했죠. 모든 점을 조합해 보니 광범위한 지하 환기 체계일 거란 생각이 강하게 들었지만, 실제 규모는 상상하기 어려웠어요. 처음에는 작은 사람들이 쓰는 하수구라고 추측했어요. 당연하게도 완전히 헛짚었던 겁니다.

이 시점에서 제가 하수 시설과 시간을 알려주는 종소리, 운송 수단과 같은 편의 시설에 대해 아는 바가 거의 없다는 점을 솔직히 말씀드립니다. 이 실제 미래 속 과거의 제가 말입니다. 유토피아와 다가올 시대에 대해 읽었던 책 속에는 건물, 사회 규범 및 기타 등등에 대해 엄청 자세히 다루고 있었습니다. 하지만 그런 세부 사항은 온 세상이 한 사람의 상상으로 이루어졌을 때만 충분히 쉽게 묘사할 수 있을 뿐, 제가 이곳에서 느낀 것처럼 현실 한가운데 떨어진 진정한 시간 여행자에게는 전혀 쓸모가 없었습니다. 중앙아프리카에서 런던으로 막 건너온 흑인이 자신의 부족에게로 돌아갔다고 생각해 보세요! 그가 철도 회사와 사회적 운동, 전화, 전보, 소포 배달 업체, 우편 방식에 대해 뭘 알았을까요? 그러나 우리는 적어도 이런 걸 그에게 설명해 줄 수 있습니다! 그리고 그가 뭘 알든 간에 여행을 해보지 않은 친구에게 자신의 이야기를 어느 정도까지 이해시키거나 믿게 만들 수 있을까요? 우리 시대 흑인과 백인 사이의 간극이 얼마나 좁은지와 저와 황금기의 이들 사이의 간격이 얼마나 넓은지 생각해 보세요! 전 보지 못한 게 많지만 이성적으로 받아들여서 편안할 수 있었습니다. 하지만 자동 조직에 대한 일반적인 느낌은 넣어두고 차이점을 여러분에게 설명할 방법이 없다는 점이 참 안타까울 따름입니다.

일례를 들자면, 사람이 죽은 뒤 화장의 흔적이나 무덤 같은 건 전혀 보지 못했습니다. 그렇지만 아마도 제가 살펴본 곳 너머 어딘가에 묘지나 화장장이 있을지도 모르지요. 마찬가지로 이것이 제가 스스로에게 던진 질문이고 처음에는 제 호기심이 핵심에서 완전히 비껴갔습니다. 혼란에 빠져 더 많은 걸 찾아보게 됐고 그래서 더욱 혼란스러워졌어요. 작은 사람들 중에 늙고 병든 이는 한 명도 없었으니까요.

자동 문명화와 쇠퇴한 인류에 대해 처음 이론을 세우고 느낀 만족감이 그리 오래가지 못했다는 점을 밝혀두겠습니다. 하지만 다른 생각은 할 수 없었습니다. 제 어려움이 무엇인지 알려드리죠. 제가 살펴본 여러 큰 궁전들은 그저 거실, 커다란 식당, 잠자는 구역으로만 되어 있었습니다. 어떤 종류의 기계나 장치를 찾지 못했습니다. 그런데 이 사람들은 간간이 보수를 해줘야 하는 그럴싸한 옷감으로 된 의상을 입었습니다. 그들이 신은 샌들은 장식이 없었지만 상당히 복잡한 금속 작업으로 이루어져 있더군요. 이유야 어찌 됐든 그런 물건들이 분명 만들어졌습니다. 작은 사람들은 창의적인 경향을 전혀 보이지 않았습니다. 상점도, 작업장도, 수입품 표시도 없었습니다. 그들은 내내 놀고, 강에서 수영하고 반쯤 장난스러운 분위기로 사랑을 나누고, 과일을 먹고 잠을 잤습니다. 대체 상황이 어떻게 돌아가는지 알 수가 없었습니다.

다시 타임머신 이야기로 가보겠습니다. 무엇이 타임머신을 흰 스핑크스의 움푹한 주축대 안으로 가져갔는지 모릅니다. 어째서 그랬을까요? 전 상상이 가지 않았습니다. 물이 없는 우물, 아지랑이가 올라오는 탑들도요. 단서가 부족하다고 느꼈어요. 어떻게 맞춰야 할까? 여러분이 비문을 하나 발견했는데 평범한 영어 문장이 적혀 있고 그사이에 처음 보는 단어 혹은 철자가 삽입돼 있다면 어떤 기분이 들까요? 방문 사흘째인 802701년이 제게 그랬습니다!

그날 전 일종의 친구를 사귀었습니다. 얕은 물가에서 수영하는 작은 사람들을 구경하다가 한 명이 쥐가 나서 강 아래로 쓸려가는 걸 봤습니다. 유속이 상당히 빨랐지만 수영할 줄 아는 평범한 사람에게는 그렇게 강하진 않았죠. 이 종족 특유의 낯선 결핍 때문인지 울고 있는 작은 사람이 눈앞에서 익사하는 중인데도 누구도 어떤 시도조차 하지 않더군요. 그 점을 깨닫고 전 재빨리 옷을 벗고 물속으로 들어가 가여운 꼬마를 잡아 안전하게 뭍으로 데리고 왔습니다. 작은 팔다리를 비비니 이내 그녀가 정신을 차렸고 괜찮은지 확인한 다음 자리를 떴습니다. 이 종족에 대한 기대치가 아주 낮아서 그녀가 제게 감사할 거라 예상하지 못했습니다. 그런데 제 생각이 틀렸더군요.

이 일은 아침에 있었던 일입니다. 오후에 전 탐험에서 거처로 돌아오는 길에 그 작은 여성을 만났고 그녀는 기뻐서 소리치며 절 맞이하더니 커다란 꽃 화환을 선물로 주었습니다. 분명 저만을 위해 만든 거였어요. 화환이 제 마음을 사로잡았습니다. 그동안 너무 우울하다고 느꼈나 봅니다. 어쨌든 전 선물에 대한 고마움을 표현하느라 최선을 다했습니다. 우리는 이내 작은 돌 정자에 나란히 앉아서 대화를 나누었습니다. 주로 미소였지만 말입니다. 그녀의 친절함은 딱 어린아이가 보일 법한 수준이었습니다. 우리는 서로에게 꽃을 건넸고 그녀가 제 손에 입을 맞췄지요. 저도 똑같이 해주었습니다. 그런 다음 제가 대화를 시도했고 그녀의 이름이 위나라는 걸 알았어요. 이름에 어떤 뜻이 담겼는지 모르지만 어울린다고 생각했습니다. 그렇게 특별한 우정이 시작되었고 일주일 동안 이어지다가 끝이 났어요. 그 부분에 대해선 좀 있다가 여러분에게 들려드릴 겁니다!

그녀는 아이 그 자체였어요. 항상 저와 같이 있고 싶어 했습니다. 어딜 가든 따라왔고 제가 다음 여정에 나섰을 때 그녀가 너무 지쳐서 놔두고 왔더니 지친 상태로 징징거리며 절 부르며 따라오더군요. 하지만 전 이 세계에서 처한 문제를 해결해야 했습니다. 아직 그러지 못했고 연애하려고 미래로 온 게 아니라고 스스로를 타일렀습니다. 하지만 놔두고 가니 그녀가 엄청 실망하더군요. 서로 떨어져 있어야 한다는 부분에서 그녀는 가끔 광분했습니다. 그녀의 맹목적인 헌신이 제게 위안을 주기도 했지만 그만큼 골치도 앓았습니다. 이유는 모르겠지만 그래도 그녀가 곁에 있어 엄청난 위로가 되었습니다. 그냥 어린아이 같은 애착으로 제게 붙어 있는 거라 생각했어요. 그녀를 놔두고 갈 때 얼마나 큰 괴로움을 안겨줬는지 제대로 알지 못했습니다. 그리고 그녀가 제게 어떤 존재였는지도 너무 늦게서야 확실히 깨닫게 되었고요. 그저 절 좋아하는 듯하고 약하고 무기력하게 절 보살폈을 뿐이었지만 작은 인형 같은 그녀 덕분에 흰 스핑크스 인근으로 돌아올 때면 꼭 집에 오는 기분이 들었습니다. 제가 언덕을 넘자마자 희고 금빛 옷을 입은 그녀의 가녀린 모습을 볼 수 있었습니다.

두려움이 이 세상을 떠나지 않았다는 사실을 그녀에게서 배웠습니다. 위나는 낮에는 아무것도 무서워하지 않았고 제게 이상할 만큼 믿음을 보였어요. 한번은 장난으로 제가 그녀에게 인상을 쓰며 위협했는데 제 표정을 보고선 웃기만 하더군요. 그런데 밤이 되면 그녀는 겁에 질렸습니다. 어둠과 검은 걸 지독히도 무서워했어요. 그녀에게 어둠은 끔찍한 대상이었죠. 그 감정이 너무 격렬하기에 전 생각하고 살펴보게 됐습니다. 그러다 다른 사실과 더불어 이 작은 사람들이 어둠이 내리면 커다란 집에 모여 무리 지어 잠을 잔다는 점을 알게 되었습니다. 불을 들지 않고 그들에게 가는 행위란 곧 한바탕 난리법석이 벌어지는 일과도 같았어요. 어둠이 내리면 누구도 문밖으로 나가지 않았고 문 안에서도 혼자 자는 사람을 본 적이 없었습니다. 그런데 전 여전히 바보처럼 두려움이 주는 교훈을 놓치고 있었고, 위나가 힘들어하는 걸 알면서도 무리 지어 몰려 자는 이들에게서 떨어지려고 했습니다.

그녀는 많이 힘들어했지만 결국에 절 향한 특별한 애정이 이겼는지 마지막 날을 포함해 우리가 알고 지낸 닷새 동안 제 팔을 베고 잤습니다. 그녀 이야기를 하면서 주제가 살짝 벗어났군요. 그녀를 구하기 하루 전에 전 새벽에 일어났습니다. 쉬지 못했고 아주 불쾌하게 익사하는 악몽을 꿨어요. 말미잘이 부드러운 촉수로 제 얼굴을 덮치는 느낌을 받았습니다. 놀라 일어났는데 회색 동물 같은 것이 허둥지둥 방을 빠져나가는 듯한 광경을 봤습니다. 다시 자려고 했지만 잠이 오지 않았고 마음이 불편했습니다. 어둑한 회색 시간에는 어둠 밖으로 기어 나온 사물의 모든 색이 없어지고 비현실적으로 보이죠. 전 자리에서 일어나 큰 홀 아래로 내려갔고 궁전 앞 포석(도로포장용으로 길에 까는 돌 - 역주) 위에 섰습니다. 인내심을 가지고 기다리면서 해가 떠오르는 광경을 보기로 마음먹었습니다.

죽어가는 달빛과 새벽의 첫 창백함이 소름 끼치는 어스름 속에 서로 뒤엉켰습니다. 덤불은 새까맣고 땅은 칙칙한 회색이고 하늘은 색도 생기도 없었죠. 그리고 언덕 위에서 전 유령을 보았다고 느꼈습니다. 언덕을 쭉 살피다가 흰 형체를 세 번이나 보았습니다. 두 번은 침팬지 같은 흰 형상 하나가 빠른 속도로 언덕 위로 달리는 걸 봤고 다른 한 번은 폐허 근처에서 검은 시체 같은 걸 끌고 가는 한 무리를 봤습니다. 그들은 서둘러 움직였습니다. 그들이 뭔지 알지 못했습니다. 덤불 사이로 사라져 버렸으니까요. 새벽은 여전히 희미하니 이해하실 겁니다. 여러분도 경험한 적이 있는지 모르지만 전 이른 아침 특유의 싸늘하고 불안한 감정을 느꼈습니다. 제 눈을 의심했고요.

동쪽 하늘이 밝아지고 햇살이 들어와 한 번 더 세상을 선명한 빛으로 물들일 때 전 주변을 자세히 살폈습니다. 하지만 흰색 형상의 흔적은 전혀 보이지 않았습니다. 어쩌면 어스름함이 만

들어낸 형체인지도 모릅니다. '분명 유령일 거야.' 전 이렇게 말했습니다. '어디서 기원했는지 궁금하네.' 그랜트 앨런(캐나다 출신 영국 과학자 겸 소설가, 19세기 후반 진화론을 강력하게 지지한 인물-역주)의 특이한 주장이 머릿속에 떠올라 웃음을 주더군요. 각 세대가 죽고 유령이 되면 세상은 결국 그들로 넘쳐날 거라고 그가 주장했었지요. 그 이론에서 보면 앞으로 80만 년쯤 뒤에는 셀 수 없을 정도로 유령이 많아지니 한 번에 넷을 보는 건 무리가 아닙니다. 하지만 그 정도론 성에 차지 않아서 아침 내내 그들에 대해 생각하다가 위나를 구해주게 되며 겨우 그들 생각에서 벗어났습니다. 제대로 설명할 수는 없지만 처음 타임머신을 찾으러 나섰다가 마주친 흰 동물과 이들이 연관이 있을 거라고 생각했습니다. 위나는 즐거운 대체제였습니다. 하지만 얼마 지나지 않아 유령들이 제 마음속을 모조리 차지할 운명이었습니다.

이 황금기가 우리 시대보다 얼마나 많이 더운지 여러분에게 말씀드렸을 겁니다. 어떻게 설명할지 모르겠군요. 태양이 더 뜨거워졌거나 지구가 태양에 더 가까워졌을 겁니다. 미래에는 태양이 차츰 식을 거라는 전망이 일반적이었어요. 그런데 다윈 2세의 추론에 익숙하지 않은 이들은 행성들이 결국에는 하나씩 모체로 돌아간다는 점을 망각했습니다. 이런 재앙이 발생하면서 태양이 새로운 에너지로 보충해 더욱 반짝일 겁니다. 그리고 내행성 일부는 이 운명에 고통받게 되겠지요. 이유가 어찌 됐든 태양이 우리가 아는 것보다 한참 많이 뜨겁다는 점은 사실로 남아 있습니다.

아주 뜨거운 어느 아침, 아마 네 번째 날이지 싶은데요, 전 잠을 자고 밥을 먹던 커다란 집 근처 거대한 폐허에서 열기와 빛을 피할 쉼터를 찾고 있었는데 이상한 일이 벌어졌어요. 돌무더기 사이를 기어오르다가 좁은 회랑을 찾았는데 끄트머리와 양쪽 창문이 무너진 돌무더기로 막혀 있더군요. 밝은 야외와 대조적으로 첫눈에는 안이 보이지 않을 정도로 어두웠습니다. 밝은 곳에 있다가 어두운 곳으로 가니 눈앞이 멍해지길래 더듬거리며 안으로 들어갔습니다. 그러다 갑자기 홀린 듯 멈췄습니다. 빛에 반사되어 반짝이는 눈 한 쌍이 어둠 속에서 절 노려보고 있었기 때문이었죠.

무시무시한 야생동물이 제 앞에 나타났다고 본능적으로 느꼈습니다. 그래서 주먹을 꽉 쥐고 단호한 표정으로 번뜩이는 눈동자를 똑바로 쳐다봤습니다. 뒤돌아서기가 무섭더군요. 그때 미래 인간들이 생존한 완벽하게 안전한 세상에 대한 생각이 떠올랐어요. 마찬가지로 어둠에 대한 그들의 낯선 공포도 기억났습니다. 두려움을 어느 정도 이겨낸 뒤 전 한 걸음 다가가 입을 열었죠. 목소리가 거칠었고 감정 조절이 되지 않더군요. 손을 뻗으니 부드러운 뭔가가 만져졌습니다. 곧장 눈동자가 옆으로 향하더니 흰 무언가가 절 획 지나쳤습니다. 너무 놀랐고 침팬지 같은 이상한 작은 형체를 봤는데 괴상하게 고개를 숙이고 제 뒤 햇살이 비치는 쪽으로 가로질렀습니다. 형체는 화강암 벽에 부딪혀서 옆으로 비틀거리다가 잠시 뒤에 또 다른 망가진 돌무더기 뒤 어둠 속으로 몸을 감췄습니다.

물론 제가 받은 인상은 불완전합니다. 하지만 둔탁한 흰색이라는 점과 이상하게 커다란 적회색 눈동자는 확실했습니다. 게다가 머리와 등 아래로 담황색 털이 나 있었어요. 그런데 너무 빨라 뚜렷하게 볼 수 없었습니다. 네 발로 달렸는지 아니면 팔을 아주 낮게 내리고 있었는지조차 장담할 수가 없습니다. 잠시 멈춰 있다가 곧장 두 번째 돌무더기로 뒤쫓아 갔습니다. 처음에는 찾지 못했습니다. 그런데 깊은 어둠 속에서 시간이 좀 지나니 전에 말했던 둥근 우물 중 하나가 무너진 기둥에 반쯤 가려진 광경을 보게 되었습니다. 갑자기 이런 생각이 들더군요. 아까 그 형체가 여기로 내려가 사라진 걸까? 성냥을 그어 아래를 내려다보니 작고 흰 생명체가 움직이는 모습이 보였습니다. 커다랗고 밝은 눈동자가 후퇴하는 길에 절 쳐다봤습니다. 그 눈길에 몸서리가 쳐졌습니다. 꼭 인간 거미 같았어요! 벽을 기어 내려가는 중이더군요. 금속 발과 손이 갱도에 매달린 사다리 같은 걸 잡고 있는 모습을 처음 봤어요. 그때 불이 옮겨진 성냥이 제 손을 태우고 아래로 떨어졌고 성냥을 다시 그으니 작은 괴물은 사라지고 없었습니다.

그 우물을 얼마나 내려다보고 있었는지 모르겠습니다. 제가 목격한 존재가 인간이라고 스스로를 설득하는 데 성공하지 못했습니다. 하지만 차츰 진실이 제게 다가왔습니다. 인류가 단일 종으로 남은 것이 아니라 두 개의 다른 종으로 분화한 거라고. 지상에 살고 있는, 제가 좋아하는 작은 사람들이 우리 세대의 유일한 후손이 아니고 제 눈앞에 반짝하고 나타났던 허옇고 역겨운 야생동물 역시 모든 시대의 후손이라고 말입니다.

열기가 피어오르는 탑과 지하 환기 시설에 대한 제 가설을 떠올려봤습니다. 그것들의 진짜 용도에 대한 의구심이 들었죠. 제가 보기에 완벽하게 균형 잡힌 이 미래 세계에서 저 여우원숭이가 하는 일이 뭘까? 아름다운 지상 세계의 나태한 고요함과 무슨 관련이 있을까? 저 수직 통로 바닥에는 무엇이 감춰져 있을까? 전 우물 가장자리에 앉아서 스스로에게 어쨌든 두려워할 것은 없으며 제 고난을 해결하기 위해선 반드시 내려가 봐야 한다고 말했습니다. 동시에 전 너무 두려웠습니다! 머뭇거리고 있는데 아름다운 지상 사람 둘이 햇살을 가로질러 그늘 안으로 연애하러 들어왔습니다. 남성이 꽃을 던지며 여성을 쫓아 뛰었어요.

그들은 기울어진 기둥에 팔을 기대고 우물 안을 쳐다보는 저를 발견하고 곤란해했습니다. 저 틈을 주목하는 건 나쁜 행동이라 여기는 듯했어요. 제가 우물을 가리키며 그들의 말로 질문하려고 했는데 그들은 한층 더 쭈뼛거리다 고개를 돌렸습니다. 하지만 그들은 제 성냥에 관심을 보였고 전 몇 개를 켜서 즐거움을 선사했습니다. 잠시 뒤 다시 우물에 대해서 물어봤지만 또 실패했습니다. 그래서 그들을 놔두고 위나에게 돌아가서 그녀에게 정보를 얻어보기로 했습니다. 그러나 마음속에선 이미 혁명이 일어나고 있었어요. 제 추측과 인상은 기존에서 벗어나 새로운 조정기에 들어갔습니다. 이제 저 우물과 환기 탑, 유령의 미스터리에 관한 단서를 얻었습니다. 청동 문의 의미와 타임머신의 운명에 대해서도 마찬가지였고요! 그렇게 아주 희미하게나마 절 혼란스럽게 하던 경제적인 문제의 해결책을 향한 아이디어가 떠올랐습니다.

새로운 관점은 이렇습니다. 분명히, 인류의 이 두 번째 종은 지하인입니다. 이들이 땅 위로 올라오는 일이 희박한 건 오랜 지하 생활을 한 습성 탓이라고 생각했는데 특히 세 가지 정황이 이를 뒷받침해주고 있습니다. 우선 주로 어두운 곳에서 생활하는 동물 대부분이 공통적으로 창백한 안색을 가지고 있습니다. 그 예로, 켄터키 동굴에 사는 흰 물고기를 들 수 있겠지요. 두 번째로 커다란 눈입니다. 빛을 반영하는 능력 때문에 야생동물이 가진 보편적인 특성입니다. 올빼미와 고양이를 보세요. 그리고 마지막으로 햇빛 아래서 분명 당황하면서 성급하고 어설프게 어둠을 향해 도망친다는 점, 그리고 빛 아래에서 고개를 특이하게 숙이는 점, 이 모든 부분이 망막이 엄청나게 예민하다는 제 이론에 무게를 실어주었습니다.

제 발아래 땅에는 분명 거대한 터널이 있고 이 터널들이 새로운 종족의 서식지겠지요. 환기하는 탑과 언덕을 따라 나 있는 우물의 존재는 사실 강 유역을 제외하곤 사방에서 볼 수 있으므로 얼마나 보편적인지 알 수 있습니다. 그렇다면 이렇게 공을 들인 인공 지하 세계는 해를 보는 인종의 편의를 위해서 만들어졌다는 가설이 자연스럽지 않을까요? 그 생각이 너무 그럴듯해서 전 곧바로 납득하고 인류가 어떻게 이런 식으로 나뉘게 되었는지 가정해 보았습니다. 여러분은 제 이론이 어떨지 대략 예상하실 거라 생각합니다. 그러나 얼마 지나지 않아 제 이론이 진실과 한참 동떨어져 있다는 점을 뼈저리게 깨달았습니다.

우선, 우리 시대의 문제부터 살펴보겠습니다. 당대 자본주의자와 노동자 사이의 사회적 차이가 점점 더 벌어지는 상황이 전체 속 핵심이라 봅니다. 여러분에게는 괴기하게 들리겠지요. 게다가 엄청 이상하죠! 그러나 지금도 그 방식을 가리키는 실제 정황이 있습니다. 지하 공간을 문명화의 덜 장식적인 목적으로 활용하는 경향이 있습니다. 예를 들어 런던 메트로폴리탄 레일웨이는 새로운 전기 철도로 지하철, 지하 작업장과 레스토랑이 있고 차츰 곱절로 늘어나고 있습니다. 분명한 건 이런 추세가 쭉 심해져 산업화가 지상에서 생득권을 차츰 잃어가게 된다는 점입니다. 점점 더 깊고 더 커다란 지하 공장이 생기고 그 안에서

보내는 시간이 계속 증가하면서 그렇게 종말까지! 심지어 지금
도 이스트엔드(런던 동부의 빈민가-역주)의 작업자들은 지구의 자
연스러운 표면에서 실질적으로 밀려나 이런 인공적인 상황에서
살고 있지 않나요?

다시금, 부자는 수준 높은 교육으로 더욱 세련되게 바뀌지만,
가난한 이들은 무례하고 폭력적인 성향을 보이면서 두 계층 사
이의 간격이 넓어졌죠. 그렇게 부자들은 지표면의 상당 부분을
독점하려고 범위를 넓혀가고 있습니다. 런던의 경우 어쩌면 아
름다운 지방의 절반이 침입을 차단하고 있을 겁니다. 이렇게 격
차가 넓어진 것은 고등 교육의 과정이 길고 비싸졌고 부의 일부
로서 세련된 습관을 기르려는 유혹 탓에 많은 시설이 생겨났기
때문입니다. 결국 계급과 계급 사이의 교류는 줄어들 것입니다.
지금은 다른 계급 간의 결혼을 통해 우리 종족이 나뉘는 일을
막고 있긴 합니다만. 아무튼 땅 위에서는 부자들이 즐거움과 안
락함, 아름다움을 추구하고 땅 아래에서는 부자가 아닌 이들인
노동자들이 계속 그들의 노동 상황에 적응해 나가겠지요. 한번
지하로 내려가면 분명 동굴의 환기 요금을 지불해야 하고, 거부
한다면 굶어 죽거나 체납에 질식해 버리겠죠. 너무 절망적이거
나 반항적인 이들은 결국 죽고 말 겁니다. 그러니 균형이 영원한
것이 되면 생존자들은 지하 세계에서의 삶에 적응하고 지상 사
람들이 자신들의 것을 즐기듯 그들의 방식 안에서 행복하겠지

요. 제게 지상의 세련된 아름다움과 지하의 허연 창백함은 자연스럽게 따라오는 결과 같았습니다.

제가 상상해 왔던 인류의 위대한 성취는 다른 형태로 자리를 잡았습니다. 생각한 것처럼 도덕적인 교육과 일반적인 협력과 같은 성취는 없었어요. 대신 완벽한 과학으로 무장하고 오늘날의 산업 체계라는 논리적인 결론을 구성한 진정한 귀족 계급이 남았습니다. 이들의 성취는 단순히 자연을 넘어선 것이 아니라 자연과 뒤이은 인류를 넘어선 것이었어요. 미리 여러분에게 경고하는데 이건 당시 제 이론일 뿐입니다. 유토피아를 그린 책 속에 등장하는 편리한 가이드가 제겐 없었습니다. 제 주장이 전적으로 틀릴지도 모릅니다. 여전히 이것이 가장 그럴듯하다고 생각하지만요. 그러나 이런 추측에서조차 마침내 균형을 이룬 문명화는 절정을 지난 지 분명 오래되었을 거고 이제는 쇠퇴기로 한층 접어들었습니다. 지상의 너무나 완벽한 안정성이 그들을 천천히 퇴보로 움직이게 하고 크기, 힘, 지성에서 전체적으로 줄어들게 이끌었습니다. 그 점을 이미 전 분명히 보았습니다. 제가 아직 살피지 못한 지하 세계 사람들에게는 어떤 일이 일어났을까요. 그렇지만 제가 본 '몰록인'을 토대로 하자면(참고로 그 생명체들을 부르는 이름입니다), 인간 유형이 제가 이미 아는 아름다운 종족인 '엘로이'보다 한층 심하다고 상상할 수 있습니다.

그러다 골치 아픈 의심이 찾아왔어요. 몰록인이 내 타임머신을 가져간 이유가 뭘까? 전 그들이 가져갔다고 확신했어요. 엘로이가 주인이라면 어째서 날 위해 타임머신을 도로 가져다주지 않을까? 그리고 그들은 왜 그렇게 어둠을 무서워할까? 말했듯이 전 위나에게 지하 세계에 대해 물었지만 다시금 실망하고 말았답니다. 처음에 그녀는 제 질문을 이해하지 못했고 현재는 대답하길 거부하고 있어요. 이 주제가 견딜 수 없다는 듯 몸을 떨었어요. 제가 좀 거세게 밀어붙였는지 그녀가 왈칵 울음을 터트리더군요. 제가 흘린 눈물 말고 황금기에서 본 유일한 눈물이었죠. 우는 모습을 보고 할 수 없이 몰록인에 대해 묻는 걸 그만뒀고 위나의 눈에서 인간 유산의 징후인 눈물을 걷어 내는 데 집중했습니다. 제가 진지하게 성냥에 불을 붙이자 그녀는 금방 울음을 그치고 미소를 지으며 박수를 보냈습니다."

9
지하 세계의 몰록인

"여러분들에게는 이상하게 들릴지 모르겠지만 새로 찾은 단서를 취합해 제대로 된 방향을 잡기까지 이틀이 걸렸습니다. 저 활기 없는 몸뚱이들 때문에 이상하게 위축되는 느낌을 받았어요. 그들은 동물 박물관에서 보존하고 있는 표본 애벌레를 반쯤 탈색한 그런 색을 띠었죠. 손길은 소름 끼치도록 차가웠고요. 아마도 제가 위축된 건 엘로이들을 동정하는 마음 때문일 테죠. 작은 사람들이 몸서리치게 몰록인을 싫어하는 이유가 이제 이해가 가더군요.

다음날 전 잠을 설쳤어요. 아마도 건강이 조금 안 좋아졌나 봅니다. 전 혼란과 의구심에 억눌려 있었어요. 뚜렷한 이유 없이 한두 차례 강렬한 두려움을 느끼기도 했지요. 달빛을 받으며 자는 작은 사람들이 있는 커다란 홀로 조용히 들어간 일이 기억납니다. 위나도 그들과 함께 있었고 그들이 있어서 저도 안심이 되더군요. 그때 이런 생각이 들었습니다. 며칠이 지나면 초승달이 완전히 저물어 밤이 아주 어두워질 테고, 그러면 지하에 사는 불쾌한 생명체, 흰 여우원숭이, 기존의 것을 대체한 새로운 해충이 스멀스멀 기어 올라올 거라고. 그 시간 동안 전 어쩔 수 없는 의무를 회피하고 싶다는 마음만 들었습니다. 타임머신은 지하 세계의 미스터리를 대담하게 파헤쳐야만 찾을 수 있다고 확신했음에도 말입니다. 그렇지만 그 미스터리에 맞설 수가 없었어요. 제게 동지가 있었다면 상황은 달라졌을 텐데. 하지만 전 끔찍이도 혼자였고 어두운 우물 안으로 내려가는 일조차도 두려웠어요. 제 기분을 여러분이 이해할지 모르겠지만 등 뒤가 안전하다는 느낌이 전혀 들지 않았습니다.

불안해서 안절부절못하다가 전 탐험 여정의 범위를 점점 넓혔습니다. 지금 쿰우드라고 부르는 남서쪽 구릉지로 갔지요. 저 멀리 19세기 밴스테드 쪽을 보니 지금까지와 다른 형태의, 커다란 녹색 구조물이 눈에 들어왔습니다. 제가 아는 가장 큰 궁전이나 폐허보다 컸고 오리엔탈풍 파사드가 인상적이었어요. 정면은 광이 나고 청록색을 띠는 연녹색 빛으로 꼭 중국 도자기 같았죠. 겉모습이 다르니 용도도 다를 것 같아 거기로 가보기로 마음먹었습니다. 그런데 일과가 늦어졌고 제가 궁전을 보게 되었을 무렵에는 길고 지친 여정의 막바지였습니다. 그래서 다음날 모험을 하기로 생각을 고쳐먹고 돌아왔더니 위나가 절 반기고 어루만져 주었습니다. 그런데 다음날 아침 초록색 도자기 궁전에 대한 제 호기심은 스스로 끔찍이 하기 싫은 경험을 다른 날로 넘기는 자기기만의 일종이라는 점을 깨달았습니다. 결국 더이상 시간 낭비를 하지 않기로 하고 이른 아침 화강암과 알루미늄 폐허 근처의 우물로 갔습니다.

위나도 같이 달렸습니다. 그녀는 제 옆에서 춤을 추며 우물로 향했고 제가 몸을 구부려 아래를 살피자 이상하게 당혹한 듯 보였습니다. '잘 있어, 귀여운 위나.' 전 이렇게 말하고 그녀에게 입을 맞췄습니다. 그런 다음 그녀를 놔두고 쇠사다리가 달린 흙벽을 더듬거리며 찾았습니다. 솔직히 용기가 사라질까 봐 두려워서 꽤 성급하게 굴었어요! 처음에 그녀는 놀란 눈길로 절 지켜봤어요. 그러다가 정말 측은하게 비명을 지르더니 제게로 달려왔고 작은 손으로 절 잡아당기기 시작했습니다. 그녀의 행동에 오히려 용기가 생겼던 것 같아요. 좀 거칠게 그녀를 떼어낸 뒤 이내 우물 안으로 들어갔습니다. 그녀가 흙벽 너머에서 고통스러운 얼굴로 쳐다보길래 안심시키려고 미소를 지어주었습니다. 그리고 흔들리는 쇠다리를 타고 내려갔습니다.

대략 180미터 정도 아래로 내려갔습니다. 우물 벽에 돌출된 금속 막대를 디디고 가는 구조였습니다. 이곳에 사는 존재들이 저보다 몸집이 작고 가벼운 이유를 알 것 같았습니다. 얼마 안

되어 다리에 쥐가 나고 피로가 찾아왔어요. 단순한 피로가 아니었습니다! 금속 디딤대 중 하나가 제 무게를 지탱하지 못하고 갑자기 휘어지면서 깜깜한 아래로 떨어질 뻔했으니까요. 잠시 한 손으로 매달려 있었고 이 일로 인해 전 다시는 쉬어갈 엄두를 내지 않았어요. 팔다리가 상당히 아팠지만 최대한 빠르게 아래로 내려갔습니다. 간간이 위쪽을 올려다보았고 이제 우물이 작은 푸른 원처럼 보이더군요. 그 사이에 별 하나가 떠 있고 위나의 둥근 머리가 검은 점처럼 작아져 있었습니다. 아래에선 쿵쿵거리는 기계음이 더 커지고 더 강렬해졌고요. 원 너머 사방이 어두웠고 다시 고개를 들었을 땐 위나는 사라지고 없었습니다.

전 불안으로 고통스러웠습니다. 지하 세계고 뭐고 다시 올라갈까도 생각했어요. 하지만 마음을 접고 계속 내려갔지요. 마침내 흐릿한 무언가가 보여서 무척 안도했습니다. 제 오른쪽으로 30센티미터 떨어진 벽에 작은 총안(벽에 난 움푹 팬 공간으로 안에서 외부 적을 감시하거나 총을 쏘는 용도 – 역주)이 있었습니다. 그 안으로 몸을 집어넣으니 누워서 쉴 수 있는 좁은 가로 터널이 있었습니다. 이제 쉴 때도 되었죠. 팔이 쑤셨고 등에 쥐가 났고 추락할까 봐 계속 두려움에 떨었으니까요. 게다가 계속되는 어둠에 눈이 아주 피로했답니다. 갱 아래 기계가 내뿜는 열기와 웅웅거리는 소리와 진동이 공기 중에 가득했습니다.

그곳에 얼마나 누워 있었는지 모르겠습니다. 부드러운 손이 제 얼굴을 만지는 통에 깼어요. 어둠 속에서 얼른 성냥을 찾아 그어보니 폐허에서 봤던 동물과 비슷한 흰 형체 셋이 보였고 그들은 제 위로 구부정하게 내려보다 불빛에 놀라 얼른 물러났습니다. 제게는 아무것도 보이지 않는 어둠 속에서 그들은 살고 있기에 눈이 심해어처럼 과도하게 크고 민감했고 빛에도 똑같은 방식으로 반응했습니다. 빛 하나 없는 어둠 속에서 저들이 절 볼 수 있다는 걸 확신했고 그들은 불빛 말고 제 존재는 두려워하지 않는 듯했어요. 그런데 제가 그들을 보려고 성냥을 긋자마자 그들은 즉시 달아나 어두운 굴과 터널 안으로 사라졌어요. 그들의 눈동자만 괴상하게 절 노려보고 있었습니다.

그들을 부르려고 했지만 지상 세계의 사람들과는 다른 언어를 쓰는 게 분명했습니다. 어쩔 수 없이 제힘으로 헤쳐 나가야만 했죠. 이곳을 제대로 살펴보기도 전에 도망칠 생각부터 들더군요. 그렇지만 스스로를 다독였습니다. '이제 와 물러날 순 없어.' 그렇게 터널을 따라서 기계 소리가 점점 더 커지는 곳으로 갔어요. 이제 벽에서 떨어져서 큰 공터에 나왔고 다시 성냥을 켜니 커다란 아치로 된 동굴에 들어와 있었습니다. 어찌나 큰지 제 불빛이 어둠을 다 비추지 못했어요. 성냥불의 범주만큼만 볼 수 있었어요.

제 기억이 희미할 수밖에 없습니다. 커다란 기계처럼 생긴 웅장한 형상이 어둠 속에 흐릿하게 서서 기괴한 검은 그림자를 만들었어요. 그 그림자가 유령 같은 몰록인의 눈빛에서 피할 수 있게 해주었죠. 여담으로 그곳은 숨이 막히고 갑갑했고 공기 중에 피 냄새가 흐릿하게 풍겼어요. 중앙에서 조금 아래쪽에 흰 금속으로 된 작은 탁자와 식사처럼 보이는 음식이 놓여 있었어요. 아무튼 몰록인들은 육식성이었어요! 붉은 덩어리를 보며 얼마나 큰 동물이 살아남아 저렇게 먹잇감이 되었는지 궁금해했던 기억이 납니다. 모든 것이 분명하지 않았습니다. 지독한 냄새, 커다랗고 생기 없는 형체, 그리고 어둠 속에 웅크리고 있는 꺼림직한 형상이 다시 절 잡으려고 호시탐탐 노리고 있었죠! 성냥이 다 타고 제 손가락을 찌르고는 아래로 떨어지며 지글거리는 붉은 점이 되어 사라졌습니다.

이런 경험을 하기에는 준비가 턱없이 부족하다는 생각이 들었습니다. 처음 타임머신을 만들 때 미래의 인류는 확실히 모든 부분에서 우리보다 앞설 것이라고 터무니없는 가정을 했으니까요. 그래서 아무 무기도, 약도, 피울 것도 챙겨 오지 않았고요. 그때는 정말 담배가 간절했습니다! 심지어 성냥조차도 충분하지 않았죠. 코닥 카메라 생각만이라도 했더라면! 플래시를 터트려 찰나에 지하 세계를 살피고 두고두고 즐겁게 볼 수 있었을 텐데. 하지만 어쨌든 전 그 자리에 자연이 준 유일한 무기만 가지고 있었죠. 손, 발, 치아, 성냥 네 개가 전부였습니다.

어둠 속에 기계들이 있는 곳으로 나가려니 두려웠고 마지막으로 불빛을 켰을 때 제가 가진 성냥이 다 떨어져 간다는 것을 알았습니다. 성냥을 아껴야 할 필요를 그때까진 몰랐어요. 불을 신기하게 여기는 작은 사람들을 기쁘게 해주느라 성냥의 절반을 낭비해 버렸습니다. 말씀드렸듯 이제 네 개비만 남았고 어둠 속에 서 있는 동안 손 하나가 제 손을 만졌고 길고 부드러운 손가락이 제 얼굴을 쓸었습니다. 전 아주 불쾌한 체취를 느꼈어요. 끔찍한 작은 무리의 숨소리가 들리는 것 같았어요. 한 손에 들고 있던 성냥갑이 살살 빠져나가는 걸 느꼈고 뒤에서 다른 손들이 제 옷을 잡아당겼어요. 본 적도 없는 이들이 절 살피는 건 설명할 수 없을 정도로 불쾌한 느낌이었죠. 그들의 사고방식과 행동을 무시하고 있었다는 자각이 갑자기 들면서 어둠 속에서 전 정신을 똑바로 차렸습니다. 그리고 할 수 있는 한 가장 크게 소리를 질렀어요. 그들이 깜짝 놀랐으나 다시 다가오는 기척이 났습니다. 그들이 더 단단하게 절 붙잡고 이상한 소리로 서로 속삭였어요. 전 거세게 몸을 떨고 다시 소리쳤는데 소리라기보단 불협화음에 가까웠습니다. 이번에 그들은 그리 진지하게 받아들이지 않았고 다시 제게로 오면서 기묘하게 웃었습니다. 전 엄청 겁을 먹었어요. 성냥 하나를 더 켜서 그들의 눈빛에서 벗어나야겠다고 마음먹었죠. 그렇게 하면서 주머니에 든 종이 조각으로 성냥갑을 그으며 버텼습니다. 전 좁은 터널 쪽으로 후퇴했습니다. 하지만 불이 바닥나면서 터널로 들어가지 못했고 어둠 속에서 몰록인들이 바람에 잎사귀가 부스럭거리듯이 혹은 후두둑 내리는 비처럼 절 쫓아오는 소리를 들을 수 있었어요.

이내 손 여러 개가 절 붙잡았고 분명 다시 끌고 가려고 했어요. 전 다른 불을 켜서 그들의 얼굴 위로 흔들었습니다. 그들이 얼마나 혐오스럽게 비인간적인 모습인지 여러분은 결코 상상할 수 없을 테지요. 창백하고 턱이 없는 얼굴, 크고 눈꺼풀이 없는 분홍빛이 도는 회색 눈동자라니! 그들은 눈이 먼 상태로 어리둥절하게 쳐다봤습니다. 하지만 전 그들 얼굴만 보고 있지 않았죠. 다시 후퇴했고 두 번째 성냥이 다 타버렸을 때 세 번째를 켰어요. 거의 다 탔을 때쯤 우물 쇠 막대가 있는 곳에 도착했어요. 아래에서 들리는 커다란 펌프 소리에 정신이 혼미해서 사다리 끄트머리에서 잠시 쉬었습니다. 그리고 양쪽에 돌출된 고리를 발견했는데 바로 그 순간 뒤에서 무언가 제 발을 잡아서 과격하게 뒤로 잡아끌었어요. 전 마지막 성냥을 켰고… 성냥은 금방 꺼졌습니다. 하지만 이제 손이 쇠다리를 잡고 있어서 과격하게 발길질을 하며 몰록인들을 뿌리치고 재빨리 위로 올라갔고 그들은 가만히 눈을 깜박이며 쳐다만 보았어요. 그중 한 놈이 한동안 절 따라왔고 제 부츠 한 짝을 빼앗길 뻔했습니다.

올라가는 여정이 한없이 지루하게 느껴졌어요. 마지막 6미터 혹은 9미터쯤 남았을 때 지독한 메스꺼움이 밀려왔어요. 계속 오르기가 너무 힘들었어요. 마지막 몇 미터를 남기고 기절하지 않으려고 부단히 애썼습니다. 몇 번이고 고개가 흔들리며 떨어지는 느낌을 받았어요. 그러나 마침내 전 우물 입구에 도착했고 폐허에서 비틀거리며 밝은 햇살로 걸어 나왔답니다. 그리고 곧장 바닥으로 쓰러졌어요. 얼굴에 닿는 흙냄새조차 달콤하고 상쾌하게 느껴지더군요. 이내 위나가 제 손과 귀에 입을 맞추고 다른 엘로이들의 목소리가 들렸던 기억이 납니다. 그렇게 전 의식을 잃었습니다."

10

밤이 찾아왔을 때

"이제 정말로 전보다 더 끔찍한 상황에 부닥치고 말았습니다. 지금까지는 타임머신을 잃어버린 일로 밤마다 괴로워하던 걸 제외하면 결국 탈출할 수 있을 거라는 희망을 품고 있었어요. 그런데 이 새로운 발견으로 인해 희망이 흔들리기 시작했지요. 그때까진 작은 사람들의 어린아이 같은 단순함에 방해를 받고 알 수 없는 힘에 압도당하고 있다고 생각했어요. 그 힘을 이해한다면 극복할 수 있을 거라고 말이죠. 그런데 비인간적이고 사악한 몰록인이라는 끔찍한 인종에 대해 새로 알게 된 겁니다. 본능적으로 전 그들이 지독히도 싫었습니다. 예전에는 구덩이에 빠진 사람의 기분 정도랄까요. 그저 구덩이 안에서 어떻게 탈출할 것인지가 고민의 전부였죠. 하지만 지금은 덫에 걸린 짐승이 되어 곧 닥칠 적을 기다리는 신세가 된 느낌이었죠.

제가 두려워하는 적이 무엇인지 이야기하면 여러분이 놀랄지도 모르겠군요. 바로 초승달이 뜨는 어두운 밤입니다. 위나가 어두운 밤에 대해 처음 말해줄 때는 몰랐어요. 하지만 지금은 다가오는 어두운 밤이 무슨 의미인지 짐작하기란 힘들지 않았습니다. 달이 기울고 있었어요. 매일 밤 어둠이 더 길어졌고요. 이제 지상에 사는 작은 사람들이 어둠을 두려워하는 이유를 약간은 이해할 수 있었습니다. 전 몰록인들이 초승달이 뜰 때 무슨 극악무도한 일을 벌일지 어렴풋이 궁금해졌어요. 제 두 번째 가설이 제대로 틀렸다는 걸 확신할 수 있었어요. 지상의 사람들은 한때 칭송받던 귀족이고, 몰록인들은 그들의 기술 노동을 하는 하인들이었을 겁니다. 하지만 그건 아주 오래전이지요. 두 종은 인류가 조금씩 진화해 가거나 혹은 이미 진화를 마친 결과로써 새로운 관계를 형성하게 되었어요. 카롤링거 왕조(유럽 중세 문화의 부흥기를 이끈 프랑크 왕국의 두 번째 왕조 - 역주)의 왕처럼 엘로이 족은 그저 아름답기만 하고 쓸모없는 종족으로 쇠퇴했습니다. 그들이 여전히 지상을 소유하고 있는 건 몰록인들의 묵인 덕분이죠. 지하에서 수많은 세대를 산 몰록인들이 지표면의 햇살을 결국 못 견디게 된 까닭으로 말입니다. 그리고 몰록인들은 제가 언급했듯 의복을 만들 수 있고 생활에 필요한 것들을 유지하고 보수할 수 있는데 아마도 하인 시절의 옛 습관을 통해 생존한 덕분인 듯합니다. 그들은 말이 발굽을 차거나 재미 삼아 동물을 죽이는 걸 좋아하는 인간처럼 행동했어요. 왜냐하면 고대와 과거의 필요가 그들의 체계에 영향을 끼쳤을 테니까요. 하지만 분명한 것은 예전의 규칙은 이미 어느 부분에선 뒤바뀌었다는 점입니다. 복수의 여신이 섬세한 지상인들을 향해 슬금슬금 다가왔어요. 수천 년 전에, 인류는 편의와 햇살을 독차지하려 형제를 내쫓았어요. 그리고 지금 그 형제가 되돌아오고 있습니다. 완전히 달라져서요! 이미 엘로이들은 예전의 교훈을 새롭게 익히기 시작했어요. 그들은 두려움을 다시 알게 되는 중이죠. 그때 갑자기 처음 지하 세계에서 본 육고기가 생각났어요. 제 머릿속에 그 장면이 떠오르다니 참 이상했어요. 생각의 흐름에 따라 자연스럽게 나타난 것이 아니라 외부에서 불쑥 끼어든 질문 같은 느낌이었죠. 전 그 형태를 기억해 보려고 애썼습니다. 어렴풋하게 어딘가 익숙한 느낌이지만 당시에는 뭔지 알 수 없었어요.

작은 사람들이 불가사의한 두려움 앞에서 어쩔 줄 모르고 있을 때 전 그렇지 않았어요. 완연한 인간의 전성기, 즉 두려움은 무섭지 않고 미스터리가 더 이상 공포가 아닌 시대에서 온 사람이니 말입니다. 적어도 전 스스로를 방어할 수 있으니까요. 더 지체할 것도 없이 스스로 무장하고 잘 곳을 튼튼하게 만들기로 마음먹었습니다. 이 이상한 세상에서 밤마다 어떤 생물에게 노출될지 알고 있다는 자신감을 가지고 피난처가 베이스캠프 역할을 하도록 말이에요. 그들로부터 제 잠자리가 안전하다고 확신할 때까지 다시는 잠들 수 없을 것 같았어요. 그들이 이미 절세세히 살폈을 걸 생각하니 끔찍함에 몸서리가 절로 났지요.

오후에 템스 계곡을 쭉 돌아다녀 봤지만 적이 가까이 오지 못할 만한 장소는 찾을 수 없었어요. 몰록인이 세운 벽으로 판단해 봤을 때 이 뛰어난 등반가들에게 모든 건물과 나무는 수월해 보였어요. 그러다 초록색 도자기 궁전의 높은 뾰족탑과 번쩍거리는 벽이 기억났고 그날 저녁 위나를 어린아이처럼 제 어깨 위에 올리고 남서쪽으로 가는 언덕을 올랐습니다. 10킬로미터 정도일 줄 알았는데 거의 30킬로미터 가까이 되더군요. 처음에 궁전을 봤을 때는 흐린 오후였기에 확실히 가까워 보였나 봅니다. 게다가 신발 뒤축이 빠지고 못이 밑창을 통해 삐져나와서(실내에서 편하게 신던 낡은 신발입니다) 절뚝거리며 걸을 수밖에 없었죠. 궁전이 시야에 들어왔을 무렵 해가 진 지 이미 오래라 연노랑 하늘에 검은 실루엣으로만 남았습니다.

목말을 태워주니 위나는 엄청 좋아했지만 얼마 뒤엔 내려달라고 하더군요. 제 옆에서 폴짝거리며 이따금 양손에 꽃을 가득 따와서 제 주머니에 꽂아주었죠. 제 주머니는 늘 위나를 어리둥절하게 했지만 마침내 그녀는 주머니가 꽃을 꽂아 장식하는 특이한 종류의 화병이라고 이해한 듯했어요. 적어도 그녀는 그런 용도론 주머니를 잘 활용했죠. 그러니 생각이 나는군요! 재킷을 갈아입으며 찾은 건데…"

시간 여행자가 잠시 말을 멈추고 주머니에 손을 넣더니 커다란 흰 아욱꽃 같은, 시든 꽃 두 송이를 조용히 꺼내 작은 테이블 위에 올려놓았다. 그리고 다시 말을 이었다.

"밤이 빠르게 땅을 덮치고 있어서 우리는 언덕 꼭대기를 넘어 윔블던 쪽으로 갔고 위나는 지쳐서 회색 돌집으로 돌아가고 싶어 했어요. 그러나 제가 멀리 보이는 초록색 도자기 궁전의 뾰족탑을 가리키면서 그녀가 두려워하는 것으로부터 피할 곳을 찾아가는 길이라고 설명해 주었어요. 땅거미가 내리기 전 긴 멈춤의 순간을 아나요? 바람 사이로 부는 바람조차 잠시 숨을 참는 시간이죠. 전 늘 그런 저녁의 고요함에 대한 기대가 있어요. 하늘이 구름 한 점 없이 높고 청명하고 지는 햇살 몇 가닥만 남아 있죠. 그날 밤 제 기대는 두려움이란 색을 띠고 있었어요. 고요한 어둠 속에서 감각이 초자연적으로 예민해졌어요. 제 발밑으로 꺼지는 땅까지 느낄 수 있다고 착각했으니까요. 정말로 그래서 땅을 통해 몰록인들이 어둠을 기다리며 개미굴 같은 소굴을 여기저기 돌아다니는 모습이 보이는 것 같았어요. 전 흥분한 나머지 그들의 굴에 제가 들어간 걸 선전포고로 여기는 게 아닌가 상상해 봤어요. 그런데 어째서 그들이 제 타임머신을 가져갔을까요?

우리는 조용히 깊어지는 어둠 속을 걸었어요. 멀리 푸른 하늘이 서서히 사라지고 별이 하나둘 떠올랐어요. 땅은 차츰 흐릿해지고 나무들은 검게 변했지요. 위나의 두려움과 피로가 차츰 커졌어요. 그녀를 품에 안고 이야기를 하고 달래주었어요. 그리고 어둠이 더욱 짙어졌고 그녀가 두 팔로 제 목을 껴안고 눈을 감고 얼굴을 제 어깨에 바짝 붙였답니다. 그렇게 우리는 계곡으로 이어지는 언덕길을 내려갔고 시야가 흐려서 작은 강으로 걸어 들어갈 뻔했어요. 전 강 너머 반대편으로 올라가 잠든 집들을 여러 채 지나고 머리가 없는 동상, 혹은 파우누스 동상을 지나쳤어요. 여기도 역시 아카시아가 있었어요. 지금까진 몰록인의 그림자도 보지 못했지만 이제 막 초저녁이고 초승달이 뜨기 전 어둠의 시간이 남아 있었어요.

다음 언덕 등성이부터 무성한 나무가 제 앞으로 널리 검게 펼쳐져 있더군요. 그래서 잠시 머뭇거렸어요. 오른쪽이든 왼쪽이든 끝이 보이지 않았어요. 지친 상태로, 특히 발이 엄청 욱신거리는 걸 느끼며 조심스럽게 위나를 어깨에서 내려 땅 위로 앉혔어요. 더 이상 도자기 궁전이 보이지 않았고 제가 가는 방향이 맞는지도 의심스러웠어요. 울창한 숲을 응시하며 무엇이 숨어 있을지 생각했어요. 저렇게 가지들이 빼곡하게 얽혀 있다면 별도 보이지 않을 텐데. 상상할 수 있는 다른 위험이 없다고 해도 여전히 나무뿌리에 걸려 넘어지거나 줄기에 맞을 수도 있겠죠. 게다가 흥분한 낮을 보낸 뒤라 너무 지쳤어요. 그래서 저 숲과 맞서지 않고 너른 언덕에서 밤을 보내기로 마음먹었어요.

다행히 위나가 빨리 잠이 들어 전 기뻤답니다. 재킷으로 그녀를 잘 덮어주고 전 옆에 앉아서 달이 떠오르길 기다렸어요. 언덕은 조용하고 외딴곳이었지만 어두운 숲에서 이따금 생물이 부스럭거리는 소리가 들렸어요. 머리 위로 별이 빛나고 밤은 아주 쾌청했어요. 반짝이는 빛이 다정하게 위로해 주었어요. 다만 아쉽게도 모든 옛 별자리들이 하늘에서 사라졌어요. 인간 수명의 100배라는 긴 세월에도 감지할 수 없는 느린 움직임이 오래전에 낯선 조합으로 재배열되었지요. 하지만 제가 보기에 은하수는 여전히 예전처럼 별 가루를 마구 뿌려놓은 모습이었어요. 제가 판단할 때 남쪽으로 아주 밝은 붉은 별이 새롭게 눈에 들어왔어요. 우리의 초록빛 시리우스보다 더 근사했어요. 그 번뜩이는 빛들 가운데 하나의 밝은 행성이 오랜 친구의 얼굴처럼 다정하고 한결같이 빛났어요.

별들을 보고 있자니 갑자기 제 모든 문제와 중력을 받는 세상의 삶이 하찮게 느껴졌어요. 저 별의 가늠할 수 없는 거리를 비롯해 알지 못하는 과거에서 미지의 미래로 향하는 움직임이 필연적으로 얼마나 느린지 생각했죠. 북극의 세차 운동(26,000년을 주기로 지구의 자전축이 한 바퀴 도는 현상-역주) 주기도 떠올려봤어요. 제가 가로지른 모든 시간 동안 겨우 40회의 조용한 혁명이 발생한 거였어요. 그리고 그 짧은 기간에 모든 활동, 모든 전통, 복잡한 조직, 국가, 언어, 문학, 영감, 심지어 제가 알던 인간의 기억까지 존재 밖으로 쓸려 나가버렸어요. 대신 고도로 발달했던 선조를 잃어버린 이 약한 생명체와 제가 보고 공포심을 느낀 흰 종족이 등장했지요. 두 종 사이의 엄청난 두려움에 대해 생각하다가 처음으로 갑작스럽게 몸이 떨리더니 제가 본 고기가 뭔지 분명한 자각이 찾아왔어요. 너무 끔찍했어요! 옆에서 자고 있는 작은 위나를 쳐다봤고 그녀의 얼굴은 달빛 아래서 하얗고 별처럼 빛났어요. 그 모습을 보니 끔찍한 생각이 곧 사그라들더군요.

긴 밤 내내 전 몰록인을 마음속에서 지워버리려고 최대한 애썼고 그러면서 새로운 혼란 속에서 예전 별자리의 흔적을 찾아보려고 했어요. 하늘은 뿌연 구름 한두 개만 빼면 아주 맑았어요. 간간이 졸기도 했어요. 그렇게 불침번을 서면서 동쪽 하늘이 색이 없는 불길을 반영한 듯 희미해지고 초승달이 가늘고 뾰족하고 하얗게 변했어요. 곧바로 새벽이 왔고 처음에는 흐렸지만 이내 분홍빛으로 달아올랐어요. 몰록인 누구도 우리에게 접근하지 않았어요. 정말로 전 그날 밤 한 명도 보지 못했어요. 그리고 새로운 날이 찾아왔다는 자신감 속에서 제가 두려움을 느낀 게 비이성적이었다는 생각이 들었어요. 전 자리에서 일어났고 뒤축이 닳은 신발로 인해 발목이 부어 있고 뒤꿈치 아래가 욱신거리는 걸 알았어요. 그래서 다시 자리에 앉아 신발을 벗어 멀리 집어 던져 버렸지요.

전 위나를 깨웠고 우리는 이제 검고 음침하지 않은, 푸르고 즐거운 숲으로 걸어 들어갔어요. 과일을 찾아서 아침으로 먹었어요. 이내 다른 고상한 이들을 만났는데 자연에 밤이란 존재하지 않는 것처럼 그들은 햇살 아래서 웃고 춤을 추었어요. 그러다 다시금 지하에서 본 고기가 생각났어요. 이제 그 정체를 확신했고 가슴 깊은 곳에서 인류애라는 엄청난 호수가 이 마지막 남은 연약한 실개울로 물길을 보내주는 느낌을 받았어요. 분명한 건 오래전 어느 시대 인류가 쇠퇴하고 있는 동안 몰록인들의 식량이 떨어졌어요. 아마도 그들은 쥐나 뭐 그런 작은 해로운 동물을 먹고 살았겠죠. 심지어 지금도 인간은 과거보다 음식을 가리거나 배척하지 않아요. 원숭이보다 훨씬 더 까다롭게 음식을 골라요. 인간의 살점에 대한 편견은 아주 깊이 자리한 본능은 아니에요. 그래서 인간의 이 비인간적인 아들들이…. 전 과학적인 관점에서 그들을 살피려고 노력했어요. 결국 그들은 우리의 3~4천년 전 식인 조상들보다 인간성이 덜하고 한층 멀어진 거죠. 그리고 이런 걸 고통이라고 생각하게 하는 지성이 사라진 겁니다. 어째서 전 스스로를 괴롭혔을까요? 이 엘로이족들은 개미 같은 몰록인들이 비축하고 사냥하려는, 가축처럼 키우고 아마 번식도 시키는 살찐 소 떼에 불과해요. 그런데 제 옆에는 춤을 추고 있는 위나가 있었어요!

전 다가오는 두려움으로부터 스스로를 지키려고 애쓰며 인간의 이기심이 만들어낸 가혹한 처벌이라 여기려고 했어요. 인간은 동료 인간의 노동력으로 편하고 즐거움을 느끼며 만족해 왔고 자신의 슬로건과 평계로 필요를 얻었는데 때가 되어 그 필요가 이제 인간을 덮친 거라고요. 전 쇠퇴한 이 가여운 귀족을 칼라일(개인주의적 자유주의를 비판한 영국의 철학 사상가 - 역주) 같은 냉소로 대하려고도 애썼답니다. 하지만 그런 태도를 가지기란 불가능했어요. 제아무리 그들의 지적 능력이 상당히 감퇴했다고 해도 엘로이는 인간의 형태를 너무 많이 유지하고 있었어요. 제 동정심을 굳이 들추지 않더라도 그들의 퇴화와 두려움을 억지로라도 함께 하고 싶은 마음이 들었답니다.

그때는 제가 나가야 할 길에 대해 막연하게만 생각했어요. 최우선은 안전한 피난처를 확보하고 최대한 많은 금속이나 돌로 스스로 무장하는 거였죠. 당장 필요한 거였으니까요. 그런 다음 불을 피울 도구를 찾아 손에 횃불을 들어 무기로 쓸 생각이었어요. 그쪽이 몰록인들에게 대항하기에 더 효과적이라는 점을 알았으니까요. 그리고 흰 스핑크스 아래 청동 문을 부술 장치를 만들어야 했죠. 성벽을 부수는 공성 망치를 마음에 두었어요. 불빛과 함께 그 문으로 들어간다면 타임머신을 찾아서 탈출할 수 있을 거라고 스스로를 설득했어요. 몰록인이 그렇게 멀리 타임머신을 옮길 만큼 강할 거란 상상을 해보지 않았어요. 위나는 우리 시대로 데려오려고 마음먹었어요. 머릿속으로 그런 계획을 세운 다음, 우리가 머물기로 선택한 건물을 향해 걸음을 옮겼습니다."

11

초록색 도자기 궁전

"정오에 초록색 도자기 궁전에 가보니 버려지고 허물어져 가는 폐허였어요. 고르지 못한 유리 조각만 창문에 남아 있고 초록색 웅장한 판으로 된 입구는 금속 프레임이 부식되어 떨어져 나갔더군요. 궁전은 잔디로 된 낮은 땅 위로 매우 높게 솟아 있었어요. 안으로 들어가기 전 북동쪽을 쳐다보니 큰 강의 어귀 혹은 개울이 보여서 놀랐답니다. 분명 한때 윈즈윈스와 배터시가 있던 자리로 생각됩니다. 그리고 이 바다에 살던 생물에게 무슨 일이 벌어졌는지 혹은 무슨 일이 벌어질 것인지 궁금해졌습죠. 하지만 그 생각은 계속 이어지지 않았어요.

왕궁에 쓴 재료를 자세히 보니 정말 도자기였고 외형을 따라 모르는 글자가 새겨져 있었어요. 위나가 이 글귀를 해석해 줄 수 있을 거란 어리석은 생각을 했지만, 글이라는 개념 자체가 그녀의 머릿속에 들어 있지 않다는 점만 알게 됐어요. 그녀는 늘 제게 누구보다 인간적으로 느껴졌는데 아마도 그녀가 보여준 애정이 너무나 인간적이었기 때문일 겁니다.

이미 부서져서 열려 있는 커다란 문을 통과하니 의례적인 홀이 아닌 측면에 창이 많은 긴 갤러리가 나왔어요. 얼핏 보기에는 박물관 같았어요. 타일로 된 바닥에는 먼지가 잔뜩 앉았고 수많은 잡동사니 위로 똑같이 회색 먼지가 끼어 있었죠. 그리고 홀의 중앙에 이상하고 수척하게 서 있는 형체는 분명 커다란 골격의 하반신이었어요. 비스듬한 발을 보니 메가테리움(신생대에 살았던 긴 발톱이 특징인 공룡 – 역주) 이후 멸종된 동물이었어요. 두개골과 상반신 뼈가 옆쪽에 먼지를 뒤집어쓴 채 놓여 있고 한 곳에는 빗물이 지붕에서 떨어져서 유물이 닳아버렸죠. 갤러리 안으로 더 가보니 거대한 브론토사우루스(쥐라기 후기에 살았던 목이 긴 거대 초식 공룡 – 역주)의 몸통 골격이 있었습니다. 박물관처럼 보였다는 제 추측이 맞았어요. 계속 안으로 가니 기울어진 선반이 있었고 먼지를 털어보니 우리 시대의 익숙한 낡은 유리 진열장이 나타났어요. 내용물의 보존 상태가 좋은 것으로 보아 공기가 통하지 않도록 밀봉해 둔 것이 같았습니다.

확실히 우리는 후대의 사우스켄싱턴 박물관 폐허 한가운데 서 있었어요! 이곳은 고생물학 전시관이고 아주 다양한 화석을 보유했으나 시간이 흐르며 풍화를 피할 수 없었고 게다가 박테

리아와 균의 멸종으로 그 힘의 99퍼센트를 잃어버렸어요. 그럼에도 엄청나게 느리기는 하지만 확실하게 유적에 영향을 끼쳤어요. 부서지거나 갈대처럼 으스러진 귀한 화석 속에서 작은 사람들의 흔적을 볼 수 있었죠. 그리고 일부는 진열장이 통째로 없어졌는데 몰록인이 가져갔을 거라고 생각했습니다. 이곳은 아주 조용했어요. 두꺼운 먼지에 우리의 발소리가 묻힐 정도였지요. 기울어진 유리 진열장으로 성게를 굴리며 놀던 위나가 제가 주위를 살피자 얼른 제 옆으로 와 손을 잡았어요.

처음에 전 지성적인 시대의 고대 유적을 볼 가능성조차 생각하지 않았기에 매우 놀랐습니다. 타임머신에 대한 걱정도 머릿속에서 조금 물러났고요.

그곳의 크기로 보아 초록색 도자기 궁전이 고생물학 갤러리보다 더 근사한 곳을 보유하고 있을 거라 판단했습니다. 아마도 역사관, 어쩌면 도서관이 있을지도요! 적어도 현재 상황에서는 썩어가는 구시대 지질학적 광경보다 그쪽이 훨씬 더 흥미로울 테죠. 좀 더 살펴보다가 처음 갤러리에서 이어지는 작은 갤러리가 있다는 점을 알았답니다. 광물관으로 보였고 유황 덩어리를 보니 화약을 쓰고 싶다는 생각이 들더군요. 그러나 초석은 찾지 못했습니다. 정말로 질산염 종류는 하나도 없었어요. 당연히 한참 전에 부패해 액화되었겠죠. 그렇지만 제 머릿속엔 황이 남아서 계속 생각이 꼬리를 물고 이어졌어요. 그 갤러리의 다른 전시

품들은 제가 본 중에 가장 보관 상태가 좋았지만 별로 흥미가 당기지 않았고 전 광물에 조예가 없는 편이라 그냥 처음 들어온 홀에서 쭉 이어지는 무너진 통로를 따라 걸었어요. 이 구역은 자연사 전시관인 듯했으나 모든 것이 이미 오래전에 알아볼 수 없게 되어버렸더군요. 한때 박제 동물이었던 것이 쪼그라들어 검게 흔적만 남았고 알코올 병에는 마른 미라가, 망가진 식물에는 갈색 먼지만 껴있었어요. 그게 다였어요! 안타까웠답니다. 공들여 복원하면 동물의 습성을 완전히 파악할 수 있었을 텐데. 그리고 엄청 큰 갤러리에 도착했는데 빛이 잘 들지 않고 바닥은 제가 들어간 끝에서부터 살짝 아래로 꺼져 있었어요. 사이사이에 흰 전구가 천장에 달려 있는데 상당수가 금이 가고 깨져서 원래 이곳은 자연광이 들지 않는 곳임을 알 수 있었어요. 이곳은 한층 제 취향에 맞았는데 양쪽으로 커다란 기계들이 쭉 늘어서 있었기 때문이에요. 모두 심하게 부식되었고 상당수가 고장났지만 일부는 여전히 완전한 모습이었어요. 아시다시피 전 기계라면 자다가도 일어나는 정도니 여기서 머물고 싶더군요. 살피면 살필수록 대부분이 흥미로운 퍼즐 같았어요. 다만 무슨 용도인지 그저 희미하게나마 추측할 수 있을 뿐이었어요. 이 퍼즐을 풀수 있다면 몰록인에게 대적할 힘을 얻을 수 있을 거란 생각이 들었어요.

갑자기 위나가 제 옆으로 바짝 붙었어요. 너무 갑작스러워 전 놀랐어요. 그녀가 아니었다면 바닥이 경사져 있다고 생각하지 못했을 겁니다. (물론 바닥이 기울어지지 않았을 수도 있는데 박물관이 언덕 위에 세워져 있었기 때문입니다.) 마지막에 서 있던 자리는 땅이 꽤 올라와서 틈 같은 창문으로 빛이 들어왔어요. 반대로 내려가면 바닥이 이 창문에 맞춰 올라오고 마지막에 런던 주택의 지하실 같은 구덩이가 나타나는데 꼭대기에만 아주 좁게 볕이 들어왔어요. 전 천천히 걸으며 기계들에 관해서 생각하고 여기에 몰두하느라 빛이 차츰 흐려지는 걸 알아차리지 못하다가 위나의 커가는 걱정에 주의를 기울이게 되었어요. 그러다 갤러리가 마침내 두꺼운 암흑 속에 잠기는 걸 보게 됐어요. 전 망설였고 주변을 둘러보았더니 먼지가 훨씬 적었으나 바닥이 별로 고르지 않았어요. 어둠 속으로 더 멀리 나가니 작고 좁은 발자국이 나타났습니다. 그걸 보니 몰록인이 가까이 있다는 즉각적인 느낌을 받았어요. 학술적으로 기계를 살피며 시간을 낭비했단 생각이 들었어요. 이미 오후가 한참 지났고 여전히 무기도, 피난처도, 불을 만들 도구도 없었어요. 그때 갤러리의 외딴 어둠 속에서 우물 아래서 들었던 것과 똑같은 특이한 소음과 빗방울 같은 발소리를 들었어요.

전 위나의 손을 잡았어요. 그때 갑자기 좋은 생각이 나서 그녀를 놔두고 철도신호소에서 쓰는 것과 비슷한 레버가 튀어나와 있는 기계로 몸을 돌렸어요. 발판 위로 올라가 레버를 잡고

체중을 실어서 옆으로 당겼어요. 중앙 통로에 있던 위나가 갑자기 울먹거리더군요. 전 레버의 힘이 제대로 들어갔다고 판단했는데 잠시 뒤에 딱 하는 소리가 났고 그렇게 전 효과적인 무기가 될 몽둥이를 가지고 그녀에게로 갔어요. 이거면 만나는 몰록인의 두개골을 박살 낼 수 있을 것 같았죠. 그렇게 몰록인을 죽이고 싶어 안달이 났어요. 자기 후손을 죽이다니 어쩜 그렇게 비인간적일 수가! 그렇게 생각하실 수도 있겠군요. 그렇지만 저들에게서 인간성을 느끼기란 불가능했어요. 단지 위나를 혼자 두려니 내키지 않았고 제 타임머신이 겪고 있을 고통을 생각하니 당장 갤러리를 걸어가 저 잔인한 것들을 죽이고 싶다는 생각을 억누를 수밖에요.

한 손에는 몽둥이를, 다른 손에는 위나를 데리고 전 그 갤러리에서 다른, 좀 더 큰 곳으로 갔어요. 얼핏 보기에 누더기 깃발이 걸린 군 예배당처럼 같았어요. 변색되고 새까매진 누더기가 양쪽에 걸렸고 이제 전 누더기가 썩어가는 책이라는 걸 알았답니다. 오래전에 너덜너덜해졌고 제대로 된 인쇄물은 전혀 없더군요. 여기저기 뒤틀린 판지와 갈라진 금속 걸쇠가 사연을 충분히 알려주었습니다. 제가 도서관 사서였다면 모든 야망의 무익함에 대해 목소리를 높였을 겁니다. 하지만 그때 제게 가장 솔깃한 부분은 이 음침한 야생에서 썩어가는 종이를 목격하는 데 엄청난 힘을 낭비하고 있다는 점이었어요. 당시 전 〈왕립협회 철학 저널)의 물리 광학 분야에 기고한 제 논문 열일곱 편을 떠올렸습니다.

넓은 계단을 오르니 기술 화학 전시관 같은 곳에 도착했습니다. 이곳에서도 유용한 뭔가를 찾을 거란 희망은 가지지 않았어요. 한쪽 끝에 지붕이 무너진 걸 제외하면 이 갤러리는 보존 상태가 좋았어요. 전 부서지지 않은 진열장을 모두 살폈어요. 그리고 마침내 정말로 밀봉이 잘 된 진열장 안에서 성냥갑을 찾았습니다. 아주 기뻐하면서 그어봤지요. 상태가 매우 좋았어요. 습기도 전혀 먹지 않았더군요. 전 몸을 돌려 위나에게 말했습니다. '우리 춤춰.' 그녀의 언어로 소리쳤어요. 이제 제겐 우리가 두려워하는 끔찍한 생명체에 대적할 수 있는 진짜 무기가 생겼습니다. 그래서 이 버려진 박물관이 두꺼운 먼지 위로 위나가 엄청 좋아하도록 진지하게 종합 무용을 보여주었고 〈천국〉을 최대한 신나게 휘파람으로 불렀어요. 한 부분은 캉캉 춤을, 그다음에는 스텝 댄스를, 다른 부분에서는 스커트 댄스(제 연미복이 허용하는 한도에서), 그리고 다른 부분에서는 정통 댄스를 췄습니다. 알다시피 제가 자연스럽게 창작한 것이었어요.

성냥갑이 그 긴 세월을 살아남았다는 점이 여전히 이상하다고 생각하지만 제게는 행운의 물건이었어요. 그런데 더 묘한 사실은 한참 더 진귀한 물질인 장뇌를 찾은 거였죠. 밀봉된 병에 든 걸 우연히 찾았는데 정말로 완전히 밀폐되어 있었어요. 처음에는 파라핀 왁스인 줄 알고 병을 깼습니다. 그런데 냄새를 보니 확실히 장뇌더군요. 일반적인 부패 속에서 이 휘발성 물질이 살아남을 기회가 있었고 어쩌면 수천 년을 지나온 것인지도 몰랐어요. 이걸 보니 세피아 그림이 떠올랐어요. 수백만 년 전에 화석이 된 벨렘나이트(쥐라기와 백악기 오징어류의 화석-역주)를 잉크로 그렸어요. 장뇌를 버리려다가 이 물질이 가연성이고 밝은 불꽃을 피우며 탄다는 점이 기억나더군요. 그러니까 아주 훌륭한 양초 역할을 하는 셈이지요. 그래서 주머니에 집어넣었습니다. 그런데 청동 문을 부술 도구도, 폭약도 찾지 못했어요. 제 강철 레버가 그 일을 할 유일한 도구인 실정이었죠. 그래도 전 아주 기분 좋게 갤러리를 나섰답니다.

길었던 그 오후를 여러분에게 전부 들려 드릴 수는 없어요. 제가 한 모험을 모조리 제대로 된 순서로 기억하려면 엄청난 노력이 필요하니까요. 녹슨 무기가 전시된 긴 갤러리를 봤고 제 쇠지레를 손도끼나 검과 바꿔야 하나 얼마나 갈등했는지 모릅니다. 그렇지만 둘 다 가져갈 수 없고 제가 들고 있는 강철 레버는 청동 문에 가장 좋은 도구였어요. 대포, 권총, 소총도 많았어요. 대부분 녹이 슬었지만 상당수는 새 금속으로 만들었고 여전히 상태가 꽤 좋더군요. 하지만 탄약통이나 탄약이 산패했을지도 모르죠. 한 귀퉁이에서 새까맣게 타고 산산이 부서진 잔해를 봤어요. 아마도 표본이 폭발했나 봅니다. 다른 곳에는 우상들이 쭉 늘어서 있었어요. 폴리네시아인, 멕시코인, 그리스인, 페니키아인, 지구상의 모든 인종이 모여 있었다고 전 생각합니다. 그리고 이곳에서 저항할 수 없는 충동을 느껴 특히 제 마음에 든 남아프리카산 동석 괴물의 코에 제 이름을 적었답니다.

밤이 찾아오면서 제 흥미도 시들해졌습니다. 전 갤러리를 다 돌아다녔는데 조용하고 먼지가 쌓이고 황폐한 곳이 많고 가끔은 전시가 그저 녹과 갈탄을 쌓아 올린 무더기뿐이고 가끔은 좀 더 새 무더기에 불과했어요. 한 곳에서 주석 광산 모형이 근처에 있다는 점을 갑자기 알아차렸고 우연히 밀봉한 진열장 하나를 찾았는데 그 안에 다이너마이트 카트리지가 두 개 들어 있었어요! 전 '유레카'를 외치고 기뻐하며 진열장을 깨봤어요. 그러다 의구심이 들었죠. 전 머뭇거렸어요. 그리고 갤러리 한쪽으로 가서 실험해 봤어요. 5분, 10분, 15분을 기다려도 폭발하지 않는 걸 보고 얼마나 실망했는지 모릅니다. 물론 그건 모형이었고 처음 봤을 때 그 생각을 해야 했어요. 모형이 아니었다면 곧바로 달려 나가 스핑크스, 청동 문을 폭파해 버리고 타임머신을 찾을 거라는 기대를 했는데 (후에 증명했듯) 모든 것이 헛된 일이었어요.

그런 다음에 제 생각으론 우리는 왕궁 안 작은 야외 마당에 도착한 것 같아요. 바닥에 잔디가 깔리고 과일나무가 세 그루 서 있었죠. 그곳에서 쉬면서 재충전을 했어요. 해가 질 무렵 전 우리의 처지를 고민해 보게 됐어요. 밤이 찾아오고 있었고 적이

통과할 수 없는 숨을 장소를 여전히 찾아야 했으니까요. 그러나 이제 그 부분이 그렇게 골치 아프지 않았어요. 제게는 몰록인을 상대할 가장 좋은 무기가 있으니까요. 바로 성냥입니다! 제 주머니에는 장뇌도 들어 있어서 필요하면 활활 불을 밝힐 수 있었죠. 그래서 전 우리가 불을 피워 보호받으면서 야외에서 밤을 보내는 편이 최선일 거라 여겼습니다. 아침이 되면 타임머신을 되찾을 수 있을 테죠. 물론 제겐 강철 레버뿐이지만요. 그래도 지식을 좀 얻은 지금, 청동 문이 좀 다르게 느껴졌어요. 지금까지는 강제로 열려는 마음을 눌렀는데 그건 반대편의 상황을 모르기 때문인 이유가 가장 컸습니다. 이제 문이 그렇게 튼튼하다는 느낌이 들지 않았고 제가 가진 레버가 이 작업에 적당하기만을 바랄 뿐이었죠."

12

어둠 속에서

"해가 여전히 지평선에 걸려 있을 때 우리는 왕궁에서 나왔어요. 다음날 아침 일찍 흰 스핑크스에 가보기로 마음먹었고 해가 지기 전에 앞서 여정 때문에 멈췄던 숲속 탐험을 더하기로 했어요. 제 계획은 그날 밤 최대한 멀리 가보는 거였고, 그런 다음에는 불을 피우고 그 빛의 보호 아래 잠을 자는 거였어요. 그렇게 하려고 걸어가면서 눈에 보이는 가지나 마른풀을 모았고 어느새 품 한가득 채웠답니다. 짐 때문에 예상보다 걸음이 더뎌졌고 게다가 위나도 피곤해했어요. 저도 졸음이 쏟아지기 시작했어요. 우리가 숲에 도착하기도 전에 완전한 밤이 찾아왔어요. 덤불이 무성한 언덕 꼭대기에서 위나가 우리 앞에 내린 어둠에 두려워하며 멈췄어요. 그런데 무서운 재난이 다가온다는 감각이 엄습했고, 전 그걸 경고로 받아들이고 더 앞으로 나가야 했어요. 전 1박 2일째 잠을 못 잔 상태였고 열도 있고 짜증도 났어요. 몰려오는 잠을 어쩌지 못하고 눈을 감았고 몰록인도 다가왔어요.

우리가 머뭇거리는 사이 뒤쪽 검은 수풀과 그 어둠에 가려 흐릿하게 웅크린 세 형상을 봤어요. 우리 위로 잡목과 긴 풀이 자라 있지만 교활한 그들의 접근으로부터 안전하게 느껴지지 않았어요. 제 계산으로 숲은 1.6킬로미터도 채 남지 않았어요. 우리가 숲을 지나 언덕으로 갈 수 있다면 거기서는 안전하게 쉴 수 있을 것 같았죠. 성냥과 장뇌로 가는 길을 최대한 밝힐 수 있을 거라 판단했어요. 하지만 성냥에 불을 피우려면 땔감을 버려야 한다는 걸 깨달았어요. 그래서 어쩔 수 없이 땔감을 내려놓았어요. 불현듯 땔감에 불을 붙여서 뒤따라오는 친구들을 즐겁게 해줘야겠다는 생각이 들더군요. 잔혹한 행동이었다는 걸 나중에 알게 됐지만 그땐 우리가 안전하게 후퇴할 수 있게 해주는 천재적인 계략이라 생각했어요.

여러분은 사람이 없고 온화한 기후에서 불꽃이 얼마나 드문 현상인지 생각해 본 적이 있는지 모르겠군요. 열대지방에선 가끔 그럴 수 있다지만 이슬방울로 햇빛을 모아도 불이 나는 경우는 드물어요. 번개는 폭발하고 태울 수 있지만 불길을 멀리 퍼트리는 경우는 거의 없습니다. 썩어가는 풀이 발효과정에서 열기로 연기를 내뿜을 수도 있지만 불길로 이어지는 경우도 없다고 봐야죠. 쇠락한 이곳에서도 불을 피우는 기술이 지상에서 잊혔어요. 제가 쌓아둔 땔감 위로 날름거리는 붉은 혀는 위나에게 전적으로 새롭고 낯선 것이었어요.

그녀는 불길로 달려가 가지고 놀고 싶어 했어요. 제가 말리지 않았으면 그 안으로 들어갔을 겁니다. 하지만 제가 그녀를 잡았고 바둥거리는 그녀를 숲속으로 데려갔어요. 제가 피운 불길이 조금이나마 길을 밝혀줬어요. 뒤를 돌아보니 뒤얽힌 나무 줄기 너머 제가 쌓아둔 땔감의 불길이 다른 인접한 덤불로 퍼지고 구불구불한 불의 선이 풀을 타고 언덕으로 오르더군요. 전 그 모습을 보고 웃었고 몸을 돌리고 어두운 앞을 바라봤어요. 너무 어두웠고 위나는 충동적으로 제게 들러붙었지만 그래도 제 눈이 어둠에 익숙해지면서 나무줄기를 피해서 움직일 정도는 되었어요. 머리 위는 칠흑 같은 어둠이고 저 먼 푸른 하늘 틈으로 간간이 빛이 있었어요. 손이 없어서 성냥을 켜지 않았어요. 왼팔에는 작은 위나를, 오른손에는 강철 레버를 들고 있었으니까요.

한동안 발아래서 가지 부러지는 소리와 머리 위로 가볍게 부는 바람 소리, 그리고 제 숨소리와 귀로 웅성거리는 맥박 소리밖에 들리지 않았어요. 그러다 뒤에서 가벼운 발걸음 소리가 들리는 걸 알아차렸어요. 전 단호하게 앞으로 나갔어요. 발소리는 차츰 뚜렷해졌고 그러다 지하 세계에서 들었던 것과 똑같은 괴상한 소리와 목소리가 들렸어요. 몰록인 여럿이 분명했고 그들이 바짝 추격해 온 거였어요. 정말로 곧장 제 코트를 잡아끄는 느낌을 받았고 무언가가 제 팔에 붙었어요. 위나가 심하게 몸을 떨더니 미동도 없이 멈췄어요.

성냥을 켤 때가 되었어요. 그러려면 그녀를 내려놓아야 했죠. 그렇게 한 다음 전 더듬거리며 주머니에 손을 넣었고 무릎 위로 아무것도 보이지 않는 어둠 속에서 사투를 벌였어요. 그녀 쪽은 완전히 고요했고 몰록인들의 특이한 울음소리도 그대로였어요. 부드러운 작은 손들이 마찬가지로 제 코트와 등으로 기어올랐고 제 목까지 만졌어요. 그때 성냥을 그어 불씨가 퍼졌어요. 성냥불을 드니 나무 사이로 도망치는 몰록인의 흰 등이 보였어요. 그래서 재빨리 주머니에서 장뇌 덩어리를 꺼냈고 성냥이 타들어 가자마자 불을 피울 준비를 했어요. 그리고 위나를 쳐다봤어요. 그녀는 땅바닥으로 얼굴을 숙인 채 제 발을 붙잡고 꼼짝도 하지 않았어요. 갑자기 두려움이 밀려와 그녀를 향해 몸을 구부렸어요. 그녀는 숨을 쉬지 않는 것 같았어요. 장뇌에 불을 붙여 바닥으로 던졌고 장뇌가 쪼개지고 불길이 올라오며 몰록인들과 어둠이 뒤로 물러나자 전 무릎을 구부리고 그녀를 들어 올렸어요. 뒤쪽 숲에서 엄청나게 많은 이들이 요동하고 웅성거렸어요!

그녀는 기절한 것처럼 보였어요. 그래서 그녀를 어깨 위에 조심스럽게 올리고 다시 자리에서 일어났는데 끔찍한 사실을 알아차렸어요. 성냥을 켜고 위나와 함께 움직이면서 몇 차례 몸을 돌렸고 이제 제가 어느 방향으로 가야 할지 기억이 나지 않았어요. 초록색 도자기 왕궁을 향해 되돌아갈지도 모른다는 사실만 알았죠. 그러자 식은땀이 흐르더군요. 어떻게 해야 할지 재빨리 생각해 봤어요. 불을 피우고 우리가 있는 자리에서 야영하기로 결정을 내렸어요. 여전히 움직임이 없는 위나를 바닥에 내려놓고 첫 번째 장뇌 덩어리가 꺼져가는 터라 서둘러 나뭇가지와 잎사귀를 모았어요. 주변 어둠 여기저기서 몰록인의 눈빛이 홍옥처럼 번뜩였어요.

장뇌가 깜박거리다 꺼졌어요. 전 성냥을 켰고 그때 흰 두 개의 형상이 위나에게 다가오다가 재빨리 도망치는 걸 봤어요. 하나는 빛에 완전 눈이 멀어서 곧바로 제게 왔고 제가 주먹을 날리니 뼈가 으스러지는 느낌이 들더군요. 그는 경악하며 아악 소리를 지르고는 비틀거리더니 넘어졌어요. 장뇌를 하나 더 켜고 모닥불 장작을 더 모았어요. 그때 머리 위 잎사귀가 어느 정도 말라 있다는 점을 알아차렸죠. 제가 타임머신을 타고 여기 도착한 지 일주일 정도 되었는데 비가 전혀 오지 않았어요. 그래서 떨어진 나뭇가지를 줍는 대신에 뛰어올라 가지를 잡아당겼어요. 곧바로 전 푸른 나무와 마른 가지로 불을 피웠고 장뇌를 아낄 수 있었어요. 그리고 강철 작대기 옆 위나를 눕혀둔 쪽으로 몸을 돌렸어요. 최선을 다해 그녀를 깨웠지만 죽은 사람처럼 가만히 있더군요. 그녀가 숨을 쉬는지조차 제대로 알 수가 없었어요.

이제 불길이 제 쪽으로 향해서 깜짝 놀랐어요. 게다가 장뇌에서 올라오는 김이 공기 중으로 흘렀어요. 불은 한 시간 정도밖에 가지 않을 걸 알았죠. 힘들게 움직인 터라 지쳐 자리에 앉았어요. 숲도 역시나 제가 알아들을 수 없는 나태한 웅얼거림으로 가득 찼어요. 전 꾸벅거리다 눈을 떴어요. 하지만 사방이 어두웠고 몰록인들이 제게 마수를 뻗치고 있었죠. 들러붙는 손가락들을 뿌리치며 주머니에서 허겁지겁 성냥갑을 찾았는데 맙소사, 사라지고 없었어요! 그리고 그들이 다시 절 붙잡았어요. 이윽고 무슨 일이 벌어졌는지 알 수 있었어요. 제가 잠들었고 모닥불이 꺼졌고 죽음의 쓸쓸함이 제 영혼을 덮친 거였어요. 숲은 타는 나무 냄새로 진동했어요. 전 목, 머리, 팔을 붙잡혀 끌려갔어요. 어둠 속에서 이 뭉글뭉글한 생물들이 내 위로 올라오는 걸 느끼니 설명할 수 없이 끔찍했어요. 꼭 거대한 거미줄에 걸린 느낌이었어요. 그들에게 압도당하고 몸이 구부러졌어요. 작은 이빨 같은 게 목을 무는 느낌이 들더군요. 전 몸을 굴렀고 그러면서 손으로 강철 레버를 잡았어요. 덕분에 힘이 생겼어요. 고군분투하며 인간 쥐들을 제게서 떼어내고 레버를 짧게 잡은 채로 그들의 머리가 있다고 생각되는 쪽으로 휘둘렀어요. 휘두르는 레버 너머로 많은 살과 뼈가 으스러지는 걸 느꼈고 이내 전 자유가 되었어요.

광기 어린 묘한 즐거움이 힘든 제 싸움 순간마다 나타났어요.

저와 위나가 질 걸 알지만 몰록인들이 톡톡히 값을 치러야 한다고 생각했어요. 그래서 나무에 등을 대고 서서 앞으로 강철 막대를 휘둘렀어요. 그들의 동요와 비명으로 온 숲이 시끄러웠죠. 1분이 흘렀어요. 그들의 목소리가 흥분해서 더 높아졌고 움직임도 빨라졌어요. 그렇지만 누구도 제 범주 안에 있지 않았어요. 전 어둠 속을 빤히 쳐다보고 서 있었어요. 그러다 갑자기 희망이 찾아왔어요. 몰록인들이 두려워하는 중이라면? 그러다 이상한 일이 일어났어요. 어둠 속이 환해지는 것 같았죠. 아주 어렴풋이 주변 몰록인들이 보였어요. 제 발밑에 셋이 누워 있었어요. 그리고 아주 놀라운 사실을 알게 되었죠. 다른 이들이 밀물처럼 제 뒤에서 달려와서 앞쪽 숲을 지나 도망치더군요. 그들의 등은 더 이상 희지 않고 붉었어요. 어안이 벙벙해 서 있다가 작은 밝은 불빛이 나뭇가지 사이 곧은 틈 너머로 떠다니다 사라지는 걸 봤어요. 그 순간 나무 타는 냄새가 나는 이유를 알아차리고 나긋나긋한 웅성거림이 이제 거센 함성으로 자랐고 붉은빛과 몰록인들이 도망치는 까닭도 알게 됐어요.

기대던 나무에서 나와 뒤를 돌아보니 근처 나무의 검은 기둥을 통해 불타는 숲이 보였어요. 제가 처음 피운 불길이 절 쫓아온 거였어요. 그 순간 위나를 찾았지만 그녀는 사라졌어요. 제 뒤에서 씩씩거리고 쪼개지는 소리가 났고 생나무가 불꽃에 터지며 폭발하는 소리를 들으니 생각할 시간이 별로 없었죠. 여전히 레버가 제 손에 있으니 전 몰록인들을 뒤따라갔어요. 아슬아슬한 접전이었어요. 달리는데 불길이 제 오른쪽에서 너무 빨리 다가와서 전 왼쪽으로 피할 수밖에 없었어요. 그러나 마침내 작은 공터로 나갔는데 몰록인 한 사람이 제 쪽으로 달려오더니 절 지나쳐 곧장 불길로 뛰어들었어요!

그리고 제가 갔던 미래 시대에서 가장 이상하고 끔찍한 광경을 보게 되었어요. 불길로 인해 이 공터가 대낮처럼 환했어요. 공터 중심에는 작은 언덕이나 고분 같은 것이 있고 주변은 불탄 산사나무로 뒤덮였어요. 이 공터 너머에는 또 다른 불타는 숲이 보였고 노란 혀가 이미 그곳에서 몸부림치며 불 울타리로 공간을 완전히 에워쌌어요. 언덕 위에서 30~40명의 몰록인들이 빛과 열기에 흥분해 이리저리 뛰어다녔어요. 처음에 저는 그들이 눈이 보이지 않는 걸 몰라서 두려움에 미친 듯 레버를 휘둘렀고 그들이 다가오자 하나를 죽이고 여럿을 때려눕혔어요. 그러다 붉은 하늘 밑 산사나무 아래 모인 무리 중 한 명의 제스처를 보았고 그들의 신음을 듣고 그들이 불길에 전적으로 힘을 쓸 수 없고 절망에 빠진 사실을 알았고 더 이상 그들을 때리지 않았어요.

그러나 간간이 누군가 곧장 절 향해 달려들어서 얼른 그들을 피해야 했어요. 웬일인지 불길이 잠시 잦아들자 전 더러운 생명체들이 이제 절 보게 될까 두려웠어요. 그런 일이 벌어지기 전에 저들을 죽여 싸움을 시작할까도 고민했어요. 그런데 다시 불길이 밝게 타올랐고 전 가만히 있었어요. 전 그들 사이에서 언덕을 걷고 그들을 피하며 위나의 흔적을 찾았어요. 그렇지만 위나는 어디서도 보이지 않았어요.

마침내 작은 언덕에 앉아서 이 이상하고 놀라운 눈먼 무리가 몸에 불이 붙어 이리저리 몰려다니며 서로에게 기분 나쁜 소리를 지르는 걸 지켜보았어요. 구불구불한 연기가 하늘 위로 솟아오르고 간간이 너덜너덜한 붉은 잎사귀를 통해 다른 우주 속에 있는 듯한 작은 별들을 보았어요. 둘 혹은 세 몰록인이 절 향해 달려들길래 주먹으로 쫓아버렸는데 그러면서 저도 몸을 비틀거렸어요.

그날 밤은 거의 악몽이었어요. 깨어나려고 스스로를 깨물고 비명을 지르며 안달했어요. 손으로 땅을 치고 일어나 다시 앉고 여기저기 쏘다니고 다시 주저앉았어요. 그러다 넘어져 눈을 비비며 하느님께 절 깨워달라고 부르짖었어요. 몰록인들이 고통에 고개를 숙이고 불길로 뛰어드는 모습을 세 번이나 봤어요. 그런데 마침내 불길이 잦아드는 위로, 검은 연기 덩어리, 나무 그루터기의 하얗고 검은 위로, 그리고 이 흐릿한 생명체의 숫자가 사라지는 와중에 흰 아침의 빛이 나타났어요.

전 다시 위나의 흔적을 찾아 나섰지만 아무것도 찾을 수 없었어요. 저들이 가여운 그녀의 시신을 숲속에 내버려둔 게 분명해요. 예정된 듯한 끔찍한 운명에서 벗어났다고 생각하니 얼마나 다행인지 몰랐어요. 그 생각을 하니 증오가 솟구쳐 주변을 다 쓸어버릴 뻔했지만 가까스로 억눌렀어요. 말했듯이 작은 언덕은 숲속에서 일종의 섬이었어요. 그 정상에서 이제 전 초록색 도자기 왕궁에서 피어오르는 연기를 볼 수 있었고 흰 스핑크스가 어디 있는지도 알 수 있었어요. 그리고 저 빌어먹을 영혼들을 여기저기서 울부짖도록 그냥 내버려뒀어요. 날이 차츰 환해지면서 전 발을 풀로 감고 팔다리에는 연기 재를 바르고 여전히 속에 불씨가 있는 검은 줄기를 들고 타임머신이 숨겨진 장소로 갔어요. 너무 지쳐서 천천히 걸었고 다리도 절었고 소중한 위나의 끔찍한 죽음에 심하게 비통한 기분을 느꼈어요. 압도적인 침착함 같은 느낌이 있었어요. 익숙한 이곳으로 돌아오니 실제로 누군가를 잃어버린 게 아니라 꿈속의 슬픔 같은 느낌이 더 큽니다. 하지만 그날 아침에는 다시 엄청난 외로움을 느꼈어요. 정말 끔찍하게 혼자였죠. 전 제 집, 이 벽난로, 여러분 생각이 났고 그러다 보니 돌아가고 싶다는 고통스러운 갈망이 피어올랐어요.

밝은 아침 하늘 아래 연기가 피어오르는 재 위로 걷다가 뭔가를 찾았어요. 제 바지 주머니에 아직도 성냥 몇 개가 좀 들어 있더군요. 성냥갑을 잃어버리기 전에 흘러나왔나 봅니다."

13

흰 스핑크스의 함정

"아침 여덟 시 혹은 아홉 시쯤 되자 전 처음 이곳에 와서 밤
에 세상을 둘러봤던 노란 금속 의자가 있는 곳으로 갔어요. 그
날 밤 성급하게 내린 결론을 떠올려 보니 쓸데없이 자신감에 차
있던 것 같아서 씁쓸해 웃음만 나더군요. 그날도 여전히 아름다
운 풍경에 똑같이 수풀이 우거졌고 근사한 궁전과 멋진 폐허들
도 고스란히 남아 있으며 비옥한 강둑 사이로 은빛 강물이 흘렀
어요. 옷을 화려하게 차려입은 아름다운 사람들이 나무 사이로
이리저리 거닐더군요. 제가 위나를 구해줬던 바로 그 자리에서
수영하는 사람들도 있었어요. 그 모습을 보니 갑자기 가슴이 심
하게 저며왔어요. 지하 세계로 가는 통로 위 뾰족 탑이 풍경 위
에 얼룩처럼 솟아 있었죠. 이제 지상 세계 사람들이 가진 모든
아름다움을 이해하게 되었어요. 그들의 일상은 들판에서 풀을

뜯는 소 떼들의 일상과 마찬가지로 아주 즐거웠어요. 소 떼처럼 그들도 적이 없고 아무 요구도 없이 뭐든 받을 수 있으니까요. 물론 그들의 마지막도 소 떼와 마찬가지지만.

인간의 지성에 품었던 꿈이 얼마나 무상한지 생각하니 슬퍼졌어요. 지성이 자살을 한 겁니다. 지성은 안락과 편안함만을 추구하고 안정과 영원을 슬로건처럼 쓰는 균형 잡힌 사회로 나아가도록 방향을 정해뒀어요. 거기에 도달해 희망을 이루었어요. 한때 삶과 번영이 거의 완벽한 사회에 도달했던 것이 분명합니다. 부자는 자신의 부와 편안함을 확실히 보장받았고 노동자는 일과 생존을 보장받았겠죠. 그 완벽한 사회에 실업 문제, 풀리지 않는 사회적 물음이란 전혀 없었을 겁니다. 그러니 엄청난 평화가 찾아왔겠죠.

우리는 지성의 다양성이란 도전, 위험, 문제를 통해 얻을 수 있다는 자연의 법칙을 간과해버렸습니다. 환경과 완벽한 조화를 이루는 동물은 완벽한 메커니즘을 가지고 있죠. 습성과 본능이 쓸모가 없어지기 전까진 자연은 결코 지성에게 호소하지 않아요. 변화와 변화라는 필요가 없는 곳에는 지성도 존재하지 않습니다. 그저 엄청나게 다양한 필요와 위험에 직면한 동물들이 그에 맞춰 지성을 취할 뿐이죠.

따라서 제가 본 대로 지상의 인류는 허약한 아름다움에 취했고 지하는 순전히 기계적인 산업으로 돌아가고 있었습니다.

하지만 완벽한 상태가 되기까지 기계적 완벽함에 한 가지 부족한 부분이 있습니다. 바로 완전한 영구성이죠. 물론 효과적이었으나 분명 시간이 흐르며 지하 세계가 돌아가는 원칙이 흐트러지게 되었습니다. 몇천 년 동안 굶주려 온 필요의 어머니가 다시 나타났고 어머니는 아래부터 활동하기 시작했죠. 기계를 다루는 지하의 사람들은 완벽하지만 그래도 습성에서 벗어난 사고가 조금은 필요하고 아마도 지상의 사람들보다 나았을 겁니다. 인간의 다른 특징은 덜할지라도요. 그러다 식량이 모자랐고 그들은 금지한 과거의 습성으로 돌아간 겁니다. 그 점을 전 802701년 세상에서 보았습니다. 이건 사람의 위트로 설명할 수 없는 부분입니다. 제게 그렇게 와닿았고 여러분에게 고스란히 전해드리는 겁니다.

지난 며칠간 느낀 피로, 흥분, 공포, 그리고 슬픔에 빠졌지만, 그 자리에 앉아 고요한 풍경을 보고 따스한 햇살을 받으니 기분이 아주 좋았습니다. 전 너무 피곤하고 졸려서 이내 머릿속으로 가설을 세우다 꾸벅꾸벅 졸고 말았어요. 그걸 알아차리고 잔디 위에 몸을 쭉 뻗고 원기를 충전할 수 있게 한숨 푹 잤어요.

해가 지기 직전에 잠에서 깼어요. 이제 몰록인들에게 낮잠 자다가 붙들리는 공포에서 벗어나 안심하고 기지개를 켜고 언덕을 내려가 흰 스핑크스 쪽으로 갔죠. 한 손에는 쇠 지렛대를 들고 다른 손은 주머니에서 성냥을 만지작거렸어요.

그때 예상치 못한 상황이 닥쳤습니다. 스핑크스 주축대 쪽으로 가는데 청동 문이 열려 있더군요. 홈으로 꺼져 있었어요.

그 순간 전 들어가기 꺼림칙해서 걸음을 멈췄답니다.

안에는 작은 방이 있고 방 모퉁이에 솟아 있는 공간에 타임머신이 놓여 있더군요. 제 주머니에 작은 레버들이 들어 있었죠. 이렇게 해서 스핑크스를 공격하기 위해 공들여 준비한 노력이 수포가 되었어요. 쓰지 못해서 아쉬웠지만 강철 레버를 집어 던져버렸어요.

갑자기 어떤 생각이 들어 입구로 가던 발걸음을 멈췄어요. 적어도 한번은 몰록인의 잔꾀를 파악했던 거예요. 웃고 싶은 강렬한 충동을 억누르면서 전 청동 문틀을 지나 타임머신으로 갔어요. 정성스레 기름칠을 하고 닦아둔 걸 보고 놀랐어요. 몰록인이 타임머신의 목적을 알아내려고 분해했을 거라 생각했는데 말입니다.

그 자리에 서서 자세히 살피는 것만으로도 즐거움을 느끼는데 예상대로 일이 벌어졌습니다. 청동 문이 갑자기 위로 올라가며 쾅 하고 닫혔어요. 전 어둠 속에 갇힌 신세가 되었죠. 몰록인들은 그렇게 생각했어요. 그때 전 아주 당연하게 웃었답니다.

그들이 제게 다가오면서 웃는 소리가 벌써 들렸어요. 전 침착하게 성냥에 불을 붙이려고 했죠. 레버만 고정하면 유령처럼 사라질 수 있으니. 그런데 사소한 것 하나를 빠트리고 말았어요. 성냥은 성냥갑에만 불을 켤 수 있는 형편없는 종류였던 거예요.

그러니 침착함을 잃고 제가 얼마나 동요했는지 상상이 갈 겁니다. 작은 야만족들이 가까이 다가왔어요. 한 명이 제 몸에 손을 댔어요. 전 어둠 속에서 레버를 들고 그들에게 휘둘렀고 타임머신 안장에 올라탔어요. 한 손이 제게 오고 다른 손도 오더군요. 전 레버를 가지고 저항하는 손가락과 싸웠고 동시에 레버가 들어맞는 자리를 찾느라 손을 더듬거렸어요. 한번은 레버를 빼앗길 뻔했어요. 제 손에서 미끄러졌을 때 전 어둠 속에서 그들에게 박치기를 날렸어요. 몰록인들의 해골이 울리는 소리가 났어요. 이 마지막 전투가 숲에서 벌어진 싸움보다 더 맹렬했어요.

그러다 마침내 레버를 찾아 끼울 수 있었어요. 들러붙던 손들이 제게서 떨어져 나갔어요. 어둠은 제 눈앞에서 사라졌어요. 아까 말했던 것과 똑같은 회색빛과 소음에 둘러싸였어요."

14

시간 여행자가 본 미래의 다른 장소들

"시간 여행을 할 때 찾아오는 혼란과 메스꺼움에 대해 이미 말씀드렸죠. 이번엔 제대로 안장에 앉지도 못하고 옆쪽을 불안정하게 붙잡았어요. 얼마나 시간이 지났을까, 머신이 흔들리고 진동하더니 꽤 부주의하게 움직였고 겨우 정신을 차려 다시 다이얼을 봤을 때 제가 도착한 곳이 어딘지 알고 깜짝 놀랐어요. 한 다이얼은 하루를, 다른 다이얼은 천 일을, 또 다른 건 백만 일을, 또 다른 건 십억 일을 표시해요. 레버를 되돌리지 않고 앞쪽으로 가도록 젖혔고 다시 다이얼을 보니 천 일 단위의 바늘이 시계 초침처럼 빠르게 빙글빙글 돌아 미래로 가고 있더군요.

가는 중에 한 변화가 눈에 두드러졌어요. 고동치던 회색이 차츰 어두워졌어요. 그리고 제가 여전히 놀라운 속도로 여행하는 와중에도 눈 깜짝할 사이 낮과 밤이 바뀌는 순간이 차츰 느려지고 점차 뚜렷해졌어요. 처음에는 엄청 혼란스러웠어요. 낮과 밤의 변화가 점점 더 느려졌고 해가 하늘을 가로지르는 것도 마찬가지로 그랬고 마치 수 세기를 건너가는 느낌이었어요. 마침내 지상에 황혼이 찾아왔고 어두워지는 하늘을 가로지르는 혜성처럼 간간이 빛났어요. 태양을 나타내는 빛의 띠가 사라진 지 오래였어요. 해가 지는 게 멈췄죠. 그저 서쪽에서 올라왔다가 내려갔고 점점 더 커지고 더 붉게 변했어요. 달이 보여주던 모든 흔적이 사라졌어요. 별도 회전이 느려져 천천히 기어가는 빛이 되어버렸어요. 제가 멈추기 좀 전에 해가 붉고 아주 큰 상태로 지평선 위에서 멈췄고 커다란 반원이 열기로 빛나면서 가끔씩 순간적으로 빛이 꺼지기도 했어요. 한번은 다시금 더 많이 활짝 빛났지만 금방 열기가 줄어들었어요. 전 해가 뜨고 지는 과정이 느려지는 걸 조류가 당기는 힘이 멈췄다고 인식했어요. 지구는 한쪽 면만 태양 쪽으로 놓고 쉬게 된 거죠. 물론 우리 시간대에는 달이 지구를 보고 있지만요. 전 거꾸로 떨어진 적이 있기에 아주 조심스럽게 방향을 돌렸습니다. 천일 단위의 바늘이 차츰 느려져 멈췄고 하루를 표시하는 눈금이 뿌옇게 되진 않았어요. 그렇게 속도가 줄어들더니 황폐한 해변이 흐릿하게 모습을 드러냈어요.

전 아주 조심스럽게 타임머신을 멈추고 주변을 돌아보았어요. 하늘은 더는 푸르지 않았죠. 북동쪽은 아주 새까맣고 검은 밤 위로 연한 흰 별들이 꾸준하고 밝게 빛났어요. 머리 위에는 진한 인디언레드 빛에 별이 없었고 남동쪽은 주홍색으로 밝아지더니 커다란 태양이 지평선에 걸려 움직이지 않았어요. 절벽들은 거칠고 붉은색으로 제일 먼저 본 생명의 흔적은 모조리 강력한 녹색 식물들로 남동쪽 면의 튀어나온 모든 부분을 뒤덮고 있었어요. 숲속 이끼나 동굴 양치식물과 같이 진한 녹색이었어요. 이들 식물은 영원한 황혼빛을 받아 자란 듯했어요.

타임머신은 해변 언덕에 섰어요. 바다가 남서쪽으로 펼쳐져서 창백한 하늘 아래 선명한 지평선이 보였어요. 바람이 불지 않아서 흰 파도도 일렁임도 없었죠. 기름을 머금은 채 가볍게 숨을 쉬듯 아주 약간 부풀었다가 가라앉아서 영원한 바다가 여전히 움직이고 살아 있다고 알려주었어요. 그리고 이따금 파도가 부서지는 물가를 따라 두껍게 소금 딱지가 앉았어요. 칙칙한 하늘 아래 분홍색이었어요. 머릿속에 압박감이 느껴졌고 그제야 제가 숨이 가쁘다는 걸 알았죠. 등산할 때 드는 그런 느낌인 걸로 미루어봐서 공기가 지금보다 더 희박하다고 판단했어요.

멀리 황량한 언덕에서 거친 비명을 들었어요. 엄청나게 큰 나비 같은 무언가가 기울어지더니 하늘을 향해 날아오르고 빙글빙글 돌다가 저 멀리 낮은 언덕 너머로 사라지는 걸 봤어요. 목소리가 너무 암울해서 전 몸을 떨었고 타임머신에 더 꽉 붙어 앉았어요. 다시 주변을 둘러보니 꽤 가까운 곳에 붉은 바윗덩어리가 천천히 제 쪽으로 움직이는 걸 알게 되었어요. 그런데 그건 바위가 아니라 괴상한 게처럼 생긴 생물이었어요. 저기 있는 테이블만큼 큰 게를 상상해 보세요. 수많은 다리를 천천히 어정쩡하게 움직이고 큰 집게발을 흔들고 짐마차꾼의 채찍처럼 긴 더듬이가 흔들리며 촉각을 느끼고 툭 튀어나온 눈동자가 금속 같은 앞면 부의 양옆으로 흘끔거리며 쳐다본다면요? 등은 물결모양이고 볼품없이 따개비가 붙었는데 녹색으로 여기저기 얼룩이 졌어요. 복잡하게 생긴 입에 달린 많은 촉수가 움직일 때마다 깔짝거리고 감지하는 걸 봤어요.

이 불길한 유령이 제 쪽으로 기어 오는 모습을 보면서 뺨에 파리 한 마리가 간질이는 느낌이 났어요. 손으로 쳐 냈지만 곧 다시 돌아왔고 거의 금방 다른 파리가 귀 쪽에 앉더군요. 손으로 튕기니 실 같은 무언가가 잡혔어요. 그리고 재빨리 제 손에서 빠져나갔어요. 끔찍하게 불안함을 느끼며 뒤돌아보니 또 다른 괴물 게의 더듬이가 제 바로 뒤에 있는 걸 보고 화들짝 놀랐어요. 그 사악한 눈동자가 줄기 같은 눈 위에서 꼼지락거렸고 입은 식욕으로 게걸스러웠고 거대하고 해조류가 낀 징그러운 발톱이 절 향해 내려왔어요. 그 순간 재빨리 레버에 손을 올리고 저와 저 괴물 사이에 한 달이란 간격을 두었어요. 그렇지만 여전히 전 같은 해변에 있었고 제가 멈추자마자 분명하게 그것들을 또 봤어요. 어스름한 빛 아래 강렬한 녹색 잎사귀들 위로 수많은 게들이 여기저기 기어다녔어요.

세상에서 느낀 그토록 혐오스러운 고립감을 여러분에게 어떻게 전달할지 모르겠군요. 붉은 동쪽 하늘, 검은 북쪽, 짠 사해, 이 끔찍하고 천천히 움직이는 괴물이 사는 돌 해변, 하나같이 독이 있을 것 같은 녹색을 띤 이끼들, 사람의 폐를 아프게 하는 희박한 공기. 모든 것이 섬뜩한 효과를 줬습니다. 전 100년을 옮겨 갔고 거기서도 똑같이 붉지만 조금 더 크고 조금 더 흐린 태양, 그리고 똑같이 죽어가는 바다, 여전히 차가운 공기, 녹색 잡초와 붉은 암석 사이에서 기어다니는 지상 갑각류들. 그리고 서쪽 하늘에서 커다란 초승달처럼 굴곡진 창백한 선을 봤어요.

그래서 전 여행을 떠났고 천 년 단위로 움직이며 지구의 운명의 신비를 살펴보기로 했어요. 해가 점차 커지고 서쪽 하늘로 내려가는 걸 지켜보면서 낯선 근사함을 느꼈어요. 옛 지구의 삶은 사라지고 있었어요. 마침내 3,000만 년 더 나가니 붉고 커다랗고 둥근 태양이 어두운 하늘의 10분의 1만 가리고 있더군요. 그래서 다시금 멈췄는데 기어다니는 게들은 사라졌고 붉은 해변은 검푸른 우산이끼와 지의류들뿐이라 생명이 없어 보였어요. 그리고 이제 흰 얼룩이 생겼어요. 매서운 추위가 제게 닥쳤어요. 흰 눈 꽃송이가 드문드문 내렸어요. 북동쪽 검은 하늘에 반짝이듯 눈이 내렸고 물결모양의 언덕 꼭대기가 분홍빛 흰색으로 물들었죠. 물가를 따라 얼음이 얼었고 덩어리가 멀리 떠다녔어요. 하지만 소금 바다의 광활한 공간은 영원한 황혼 아래 핏빛이었지만 얼지 않았어요.

동물이 산 흔적이 남아 있는지 주변을 살폈어요. 정의할 수 없는 불안이 찾아와서 타임머신에서 내리지 않았어요. 그런데 땅이나 하늘이나 바다나 움직이는 건 아무것도 없었어요. 바위에 붙어 있는 녹색 이끼가 생명이 멸종되지 않았다고 알려주는 유일한 존재였어요. 얇은 모래톱이 바다에 나타났고 물은 해변에서 빠지고 있었어요. 해변 위로 검은 물체가 뛰는 걸 본 것 같았는데 제가 쳐다보니 움직이지 않더군요. 그래서 착시라고 생각했어요. 검은 물체는 아마도 바위일 테죠. 하늘의 별은 강렬하게 반짝거렸지만 전 아주 약하게 빛나는 느낌을 받았어요.

갑자기 태양의 서쪽 외곽선이 달라진 걸 알게 됐어요. 곡선 위로 함몰된 부분이 보였죠. 이 부분이 점점 커지더군요. 전 소스라치게 놀라서 아마 1분 정도 이 검은빛이 해를 덮는 광경을 빤히 쳐다봤고 그러다가 일식이 시작되었다는 점을 깨달았어요. 달이나 수성이 태양의 반구를 가로지르는 거겠죠. 자연스럽게 처음에는 달일 거라고 생각했는데, 제가 실제로 본 것은 지구형 행성이 지구 아주 가까이 지나가는 과정이라는 결론에 도달했습니다.

어둠이 빨리 내려앉고 동쪽에서 찬 바람이 불더니 흰 눈이 많이 내렸어요. 바다 가장자리가 일렁이며 속삭였죠. 이것 말고 생명 없는 세상은 조용했어요. 조용하다고? 지상의 고요함을 어떻게 묘사해야 할지 모르겠습니다. 인간이 내는 모든 소리, 양

울음소리, 새 소리, 풀벌레 소리, 우리 삶의 배경이 되는 부스럭거림 같은 모든 소리가 사라졌어요. 어둠이 짙어지고 내리는 눈이 더 많아져 제 눈앞에서 춤을 추었어요. 공기 속 한기가 심해졌어요. 마침내 멀리 눈 덮인 산꼭대기가 하나둘 어둠 속으로 사라졌어요. 가벼운 바람은 윙윙거리는 세찬 바람으로 바뀌었어요. 일식의 커다란 검은 그림자가 절 향해 덮쳐오는 걸 봤어요. 그런 다음 연한 별빛만 보이더군요. 다른 건 모두 빛 하나 없는 캄캄함 속으로 사라졌어요. 하늘은 완전히 검게 변했어요.

이 엄청난 어둠에 전 두려움을 느꼈어요. 뼛속까지 에는 추위와 숨을 쉴 때 느끼는 고통에 꼼짝 못 하게 됐어요. 전 몸을 떨었고 치명적인 메스꺼움을 느꼈어요. 그 순간 뜨겁고 붉은 활처럼 태양의 가장자리가 하늘에 나타났어요. 전 정신을 차리려고 타임머신에서 내렸어요. 어지러워서 되돌아가는 여정을 감당할 수가 없었어요. 속이 아프고 어지러운 상태로 서 있다가 모래톱이 다시 움직이는 걸 봤어요. 이번에는 붉은 바다를 배경으로 움직이는 게 확실했어요. 둥근 물체로 축구공만 한 크기인데 어쩌면 더 클 수도 있어요. 아래로 촉수가 달렸어요. 피처럼 빨간 바다를 배경으로 검은색이었고 간간이 위로 튀어 올랐어요. 그러다가 전 의식이 혼미해지는 걸 느꼈어요. 그렇지만 이 황량하고 끔찍한 황혼에 속수무책으로 누워 있을 생각을 하니 다시 안장에 기어 올라갈 힘이 생기더군요."

15

돌아온 시간 여행자 II

　"그렇게 전 돌아왔습니다. 한동안 타임머신에 무감각해진 것이 틀림없었어요. 눈 깜짝할 사이에 몇 날 며칠이 훌쩍 지나갔고 해가 뜨고 지고 하늘이 다시 파래졌어요. 전 엄청난 자유를 만끽했답니다. 땅이 줄었다가 다시 올라오며 요동치는 모습을 직접 보았어요. 두 손이 다이얼을 뒤로 감았습니다. 그리고 마침내 다시 흐릿한 가옥의 그림자, 즉 쇠퇴한 인류의 증거를 보게 되었어요. 이것 역시도 바뀌고 흘러가고 다른 것들이 나타났습니다. 백만 다이얼을 0으로 설정하면 속도를 줄일 수 있어요. 그렇게 우리의 아름답고 친숙한 건축물을 볼 수 있게 되었고 수많은 바늘이 시작 지점으로 돌아가고 낮과 밤이 차츰 천천히 바뀌었어요. 그리고 연구실의 낡은 벽이 주변으로 나타나더군요. 그래서 아주 부드럽게 속도를 늦췄습니다.

그런데 제가 이상하게 느끼는 사소한 부분 하나가 있었죠. 여정에 나섰을 때 제 속도가 빨라지기 전 워챗 부인이 이 방을 가로지르는 모습이 마치 로켓이 날아가는 것처럼 빨랐다고 여러분에게 말씀드렸죠. 돌아오니 전 다시 부인이 연구실을 지나가던 그 시점으로 와 있었습니다. 그런데 이번에는 부인의 모든 행동이 정확히 전과 반대였어요. 반대쪽 문이 열리고 부인이 뒷걸음으로 조용히 연구실로 들어가서 전에 들어왔던 문으로 나갔어요. 그 직전에 전 하인 힐리어를 잠시 본 것 같았는데 쏜살같이 지나가 버려서 알 수가 없었어요.

그리고 타임머신을 멈췄고 떠날 때 모습 그대로인 익숙한 연구실, 제 작업 도구와 공구들을 다시 보게 됐어요. 몸을 부들거리며 기계에서 내려 작업 벤치에 걸터앉았죠. 몇 분 동안 심하게 몸을 떨었어요. 그러다가 차츰 안정되었죠. 다시 원래 모습이던 옛 연구실에 있었어요. 어쩌면 거기서 잠이 들었고 이 모든 것이 꿈이었는지도 모릅니다.

하지만 꼭 그런 건 아니에요! 시간 여행은 연구실 남동쪽 모퉁이에서 시작했어요. 그런데 돌아온 기계는 여러분이 보는 벽이 있는 북동쪽에 자리했죠. 그러니까 제 작은 잔디밭에서 흰 스핑크스의 주축대에서 몰록인들이 제 타임머신을 가져간 곳까지의 정확한 거리가 그만큼이라는 겁니다.

한동안 머리가 멍해서 아무 생각도 할 수 없었어요. 그렇게 몸을 일으키고 흐느적거리며 복도로 걸어서 이리로 왔습니다. 여전히 발이 너무 욱신거리고 너무나 더러웠으니까요. 문 앞에서 테이블에 놓인 〈펠멜 가제트〉지를 봤어요. 날짜가 정말 오늘로 되어 있는 걸 확인하고 시계를 보니 8시가 다 되었더군요. 여러분들의 목소리와 그릇 소리가 들렸어요. 전 망설였답니다. 너무 아프고 기력이 없었어요. 그러다 잘 구운 고기 냄새가 나서 문을 열고 여러분 앞에 나타난 거랍니다. 나머지 부분은 이미 아시죠. 씻고 허기를 달래고 지금 이렇게 제 이야기를 들려주고 있으니까요."

16

이야기가 끝난 뒤

"압니다." 그가 입을 열더니 잠시 말을 멈췄다. "이 모든 것이 여러분에게 엄청나게 놀랍다는 점을요. 그렇지만 제게 가장 놀라운 점은 오늘 밤 이 자리에서 여러분의 친근한 얼굴을 보며 낯선 모험 이야기를 들려드릴 수 있다는 부분입니다." 그가 의사를 쳐다봤다.

"그래요. 선생도 제 이야기를 믿을 거라 기대하지 않습니다. 거짓말 혹은 예언이라고 받아들여도 좋습니다. 제가 연구실에서 꿈을 꾼 걸로 하죠. 전 우리 인류의 운명에 대해 예측해 왔으니 이런 허구를 창작하게 된 거라고요. 진실이라는 제 주장을 그저 흥미를 높이기 위한 예술적 기법이라 여겨주세요. 그리고 그냥 재미있는 이야기로 받아들이는 겁니다. 선생은 어떻게 생각하나요?"

시간 여행자는 파이프를 집어 들고 불안할 때 늘 그러듯 쇠

살대 위로 툭툭 두드렸다. 잠시 정적이 흘렀다. 그러다 의자가 끼익 밀리는 소리와 카펫을 미는 발소리가 났다. 나는 시간 여행자의 얼굴에서 시선을 거두어 다른 손님들을 둘러봤다. 그들은 어둠 속에 있었고 그들 앞으로 작은 빛의 점만 아른거렸다. 의사는 집주인의 말을 골똘히 생각하고 있었다. 편집자는 여섯 개비째 태우는 시가 끄트머리만 빤히 쳐다봤다. 기자는 더듬거리며 회중시계를 찾았다. 내 기억에 다른 이들은 전혀 미동이 없었다.

편집자가 자리에서 일어나며 한숨을 쉬었다. "당신이 소설가가 아니라서 참으로 안타깝군요!" 그가 탄식하며 시간 여행자의 어깨에 손을 올렸다.

"당신은 내 말을 믿지 않나요?"

"그게…."

"안 믿는군요."

시간 여행자가 우리 쪽으로 몸을 돌렸다. "성냥이 어디 있나요?" 그가 물었다. 그가 성냥을 그어 파이프에 연기를 뿜으며 말했다. "솔직히 말하자면… 나조차도 믿기 힘듭니다…. 그렇지만 한편으론…."

그의 눈길이 의구심을 담아 작은 탁자 위에 놓인 시든 흰 꽃으로 조용히 향했다. 그리고 그가 파이프를 바꿔 들더니 손 관절에 남아 있는 반쯤 나은 상처를 쳐다보았다.

의사가 자리에서 일어나 램프 쪽으로 가서 꽃을 살폈다. "암

술군이 특이하군요." 그가 말했다.

심리학자도 몸을 구부려 살펴보더니 표본을 집으려고 손을 뻗었다.

"새벽 1시가 되기 15분 전이에요. 우린 어떻게 집에 돌아가죠?" 기자가 말했다.

"역 앞엔 마차 택시가 많아요." 심리학자가 대꾸했다.

"흥미로운 식물이군요. 이 꽃이 자연적으로 어느 분류에 속하는지 확실히 모르겠어요. 제가 가져도 될까요?" 의사가 물었다.

시간 여행자는 머뭇거렸다. 그러다 불쑥 말했다. "당연히 안 됩니다."

"어디서 구했는지 솔직히 털어놓지 않을래요?" 의사가 물었다.

시간 여행자가 한 손으로 머리를 짚었다. 그는 자신에게서 빠져나가는 생각을 붙잡으려고 안간힘을 썼다. "시간 여행을 갔을 때 위나가 내 주머니에 넣어준 겁니다." 그가 방안을 돌아보았다. "이게 전부 사실이 아니라면 큰일입니다. 이 방과 여러분과 일상의 모습이 기억으로 감당하기에는 너무 벅차요. 제가 타임머신을 만들었나요, 아니면 타임머신 모형을 만든 건가요? 아니면 이건 그저 꿈일 뿐인가요? 인생은 한낱 꿈에 불과하다고들 하죠. 가끔은 초라하지만 소중한 꿈이라고. 하지만 난 이치에 들어맞지 않는 다른 건 견딜 수 없어요. 그건 광기니까. 그리고 그 꿈은 어디서 온 걸까요? … 타임머신을 봐야겠습니다. 그게 있다면 말이에요!”

그는 재빨리 램프를 붙들었다. 붉은빛이 문에서 복도로 흘러나갔다. 우리는 그를 뒤따랐다. 램프의 깜박이는 빛이 확실히 타임머신을 보여주었다. 땅땅하고 엉망으로 뒤틀리고 황동, 흑단, 상아, 반투명하게 반짝이는 수정으로 된 물건. 만져보니 단단했다. 난 손을 올려 가로대를 만져보았다. 상아에는 갈색 얼룩과 때가 묻었고 아래쪽 부분에는 풀과 이끼가 좀 끼었고 가로대 하나는 엉망으로 구부러졌다.

시간 여행자가 램프를 작업대 위에 내려놓고 손상을 입은 가로대를 손으로 쓸었다.

“이제 괜찮아요. 제가 여러분에게 들려준 이야기는 사실입니다. 여러분을 추운 이곳까지 오게 해서 미안합니다.” 그는 램프를 집어 들었고 다들 입을 꾹 다문 채 흡연실로 돌아왔다.

시간 여행자가 우리와 함께 응접실로 돌아와 편집자가 코트를 걸치도록 도와주었다. 의사는 그의 얼굴을 쳐다보고 머뭇거리면서 그에게 과로한 탓이라고 말했고 그러자 시간 여행자가 크게 웃었다. 열린 문 앞에 서서 큰 소리로 잘 가라고 외치던 그의 모습을 난 생생히 기억한다.

난 편집자와 함께 마차 택시를 탔다. 그는 이야기가 ‘번지르르

한 거짓말'이라고 생각했다. 난 결론을 내릴 수가 없었다. 이야기는 너무 환상적이고 근사했고 아주 믿음이 갔고 진지했다. 이야기를 생각하며 그날 밤을 꼬박 지새웠다. 다음날 다시 시간 여행자를 보러 가야겠다고 마음먹었다. 그가 연구실에 있다는 소리를 들었고 이 집에 자주 들락거리는 사람인지라 익숙하게 그를 보러 향했다. 그런데 연구실은 비어 있었다. 잠시 타임머신을 쳐다보고 손으로 레버를 만져보았다. 그러자 땅땅하고 커다란 덩어리가 바람에 흔들리는 가지처럼 움직였다. 불안정한 모습에 난 화들짝 놀랐고 어릴 때 쓸데없이 뭘 만지지 말라고 잔소리를 들었던 때가 기억났다. 다시 복도로 나왔다. 시간 여행자는 흡연실에 있었다. 그는 본체에서 나오는 중이었다. 한 팔에 작은 카메라를 끼고 다른 쪽엔 배낭을 들었다. 그가 날 보고 웃더니 팔꿈치로 인사를 건넸다. "저기 있는 물건 때문에 전 미친 듯이 바빠요." 그가 말했다.

"그런데 저건 그냥 속임수 용이 아닌가요? 정말로 시간 여행을 해요?" 내가 물었다.

"정말로 하고 있어요." 그는 진솔한 표정으로 내 눈을 들여다보았다. 그리고 잠시 머뭇거렸다. 그의 눈동자가 방안을 살폈다. "30분만 있으면 돼요. 당신이 온 이유를 알고 정말 고맙게 생각해요. 여기 잡지가 좀 있어요. 점심 식사 때까지 기다려주면 시간 여행, 표본 그리고 모든 것에 대해 최대한 증명해 줄게요. 그러니 잠시 갔다 와도 될까요?"

난 그의 말에 담긴 의미를 거의 이해하지 못한 채 그러라고 했고 시간 여행자는 고개를 끄덕이고는 복도를 걸어갔다. 연구실 문이 닫히는 소리가 들렸고 난 의자에 앉아서 일간 신문을 집어 들었다. 점심 전에 그는 뭘 하려는 걸까? 그러다 광고를 보니 갑자기 출판업자인 리처드슨과 오후 2시에 만나기로 한 약속이 생각났다. 시계를 보니 약속 시간까지 아슬아슬했다. 난 자리에서 일어나 시간 여행자에게 말하러 갔다.

문손잡이를 돌리는데 이상하게 끊긴 절규에 이어 쇠가 찰칵하고 쿵 하는 소리가 났다. 문을 여니 바람 한 줄기가 날 감쌌고 그 속에서 부서진 유리가 바닥으로 떨어지는 소리가 났다. 시간 여행자는 그 자리에 없었다. 잠깐 검정과 황동 덩어리가 빙글빙글 돌아가는 곳에 유령처럼 불분명한 사람 형상을 본 것도 같았다. 형상이 너무 투명해서 뒤에 놓인 작업대와 도면이 고스란히 비췄다. 그런데 내가 눈을 비비는 사이 유령이 사라졌다. 타임머신도 보이지 않았다. 잦아드는 먼지만 남기고 연구실 먼 쪽 끝이 텅 비었다. 채광창의 유리가 막 깨져 안으로 튀어 떨어졌다.

난 비이성적인 혼란을 느꼈다. 뭔가 이상한 일이 벌어졌다는 걸 알았고 잠시 뭐가 이상한지 구분할 수 없었다. 멍하게 서 있는데 정원 쪽으로 가는 문이 열리더니 남자 하인이 나타났다.

우리는 서로를 쳐다보았다. 그제야 생각이 났다. "주인이 저쪽으로 갔나요?" 내가 물었다.

"아뇨, 선생님, 누구도 이쪽으로는 나오지 않았습니다. 전 주인님을 여기서 찾을 거라 기대했습니다만."

그때 난 이해가 갔다. 리처드슨을 실망시킬 위험을 감수하고 그대로 머물면서 시간 여행자를 기다리기로 했다. 어쩌면 여전히 이상한 두 번째 이야기와 그가 가지고 올 수도 있는 표본, 혹은 사진을 기다린 것일지도 모르겠다. 그런데 이제 평생을 기다려야 할 것 같은 두려움이 생겨버렸다. 시간 여행자는 3년 전에 자취를 감췄다. 그리고 지금 모두가 아는 것처럼 그는 다시 돌아오지 않았다.

에필로그

다들 궁금할 거다. 과연 시간 여행자가 돌아올까? 그는 과거로 날아가 날고기를 먹는, 온몸이 털로 뒤덮인 야만인들이 사는 구석기 시대 한가운데 떨어졌을지도 모른다. 백악기의 깊은 바닷속으로 들어갔거나 기괴한 도마뱀과 커다란 파충류가 득실거리는 쥐라기 시대로 갔을 수도 있다. 어쩌면 지금(이라고 해도 될지 모르지만) 플레시오사우루스(물에 사는, 뱀처럼 목이 긴 공룡 - 역주)가 출몰하는 어란암(해류가 빠르고 얕은 물 속에서 볼 수 있는 물고기 알 모양 석회암 - 역주) 산호초 사이를 돌아다니거나 트라이아스기의 한적한 염분 호숫가를 배회할지도 모른다. 아니면 현 인류의 모습과 그나마 비슷한 존재들이 사는 좀 더 가까운 시대로 가서 우리 시대에서 풀지 못한 수수께끼와 지루한 문제들을 해결하고 있을까? 인류가 성장한 시대로 말이다. 내겐 빈약한 실험, 단편적인 이론, 상호 간 불화가 벌어지는 현대가 정말로 인류의 절정기라는 생각이 들지 않는다! 전적으로 내 의견일 뿐이다. 타임머신을 만들기 오래전부터 우리는 이런 의구심들을 토론해 왔고 그는 고도로 발전한 인류에 대해 암울하게 생각했다. 문명화가 계속되면 그저 어리석음만 쌓여 결국에는 쇠퇴하고 창조자에 의해 파괴될 거라고. 그렇다고 해도 우리는 미래가 그렇지 않을 것처럼 여기며 살아야 한다. 하지만 내게 미래는 여전히 캄캄하고 알 수 없는 곳이다. 그가 들려준 이야기를 떠올려 보면 엄청난 무지와 극히 일부의 장소밖에 없으니. 그래도 내 곁에 낯선 하얀 꽃 두 송이가 있어 위안이 된다. 지금은 시들어 갈변하고 납작하고 말라비틀어졌지만 이성과 강인함이 사라진 시기에도 감사와 보편적인 다정함이 인간의 마음속에 여전히 살아 있다는 증거이니 말이다.

작가 연보

1866년 9월 21일, 영국 켄트 주 브럼리에서 조지프 웰스와 세러 닐의 넷째
　　　　이자 막내로 태어나다.

1881년 약국에서 점원으로 일하며 그래머스쿨에서 수업을 받지만 곧 약국
　　　　을 그만두고 포목점에서 수습 점원으로 일하다.

1883년 미드허스트 그래머스쿨의 교생으로 채용되다. 자연과학과 경제학
　　　　서적을 폭넓게 읽으며 과학 교육 분야 국가시험에 응시하기 위해 준
　　　　비하다.

1884년 런던의 과학사범학교에 정부 장학생으로 선발되어 입학하다.

1886년 과학에서 우수한 성적을 거두는 동시에 문학과 정치 문제에도 관심
　　　　을 갖게 되고, 사회주의 집회에도 참석하며《사이언스 스쿨 저널》을
　　　　창간하다.

1887년 지질학 최종 시험에 낙제해 장학생 자격을 잃고 학위를 받지 못한
　　　　채 사범학교를 떠나다. 웨일스 북부 홀트 아카데미에 교사로 취업했
　　　　으나 교내 축구 시합에서 신장 파열과 폐출혈 등 큰 부상을 당해 교
　　　　사를 그만두고 치료를 받으며 글쓰기에 몰두하다.

1888년 런던의 헨리 하우스 학교에 교사로 채용되다.《사이언스 스쿨 저널》
　　　　에 소설《크로닉 아르고호》를 연재하다.

1890년 런던대학교에서 이학사 시험을 치러 생물학과 지질학에서 합격
　　　　하다. 동물학회 특별 회원으로 선정되고, 유니버시티 통신 교육 대
　　　　학에 생물학 교사로 채용되다.

1893년	폐출혈이 재발해 교사 일을 그만두고 집필에만 전념하다.
1894년	훗날 《타임머신》이 되는 일곱 가지 이야기가 《내셔널 업저버》에 3월부터 6월까지 연재되다.
1895년	과학 소설 《타임머신》이 잡지 《뉴 리뷰》에 1월부터 5월까지 연재되고, 5월에 책으로 출간되다.
1896년	두 번째 과학 소설 《모로 박사의 섬》과 가정 소설 《우연의 바퀴》를 출간하다.
1897년	과학 소설 《투명 인간》을 출간하다.
1898년	《우주 전쟁》을 출간하다.
1901년	과학 소설 《달나라 최초의 인간》과 사회과학서 《예측》을 출간하다.
1906년	소설 《혜성의 시대》와 논픽션 《미국의 미래》, 《사회주의와 가족》 등을 출간하다.
1908년	소설 《공중 전쟁》과 논픽션 《구세계를 위한 신세계》, 《첫 번째와 마지막 것》 등을 출간하다.
1920년	러시아를 방문해 레닌과 트로츠키, 고리키 등을 만나다. 논픽션 《어둠 속의 러시아》, 《세계사 대계》를 출간해 엄청난 인기를 얻다.
1922년	《간추린 세계사》와 개정판 《세계사 대계》를 출간하다. 노동당에 입당해 하원 의원 선거에 나갔으나 낙선하다.
1923년	하원 의원 선거에 재출마했으나 또다시 낙선하다. 소설 《인간은 신을 좋아한다》, 《꿈》을 비롯해 다수의 논픽션을 출간하다.
1933년	훗날 영화로도 제작되는 소설 《다가올 세계의 모습》을 출간하다. 국제적 작가단체인 '펜클럽'의 회장이 되다.
1934년	소련과 미국을 방문해 스탈린과 루스벨트를 만나다. 《자서전의 실험》을 출간하다.
1941년	마지막 소설인 《조심하는 게 상책》과 논픽션 《새로운 세계의 안내서》를 출간하다.
1944년	에세이 《1942년부터 1944년까지》를 출간하다.
1945년	논픽션 《정신의 한계》 출간 후, 건강이 악화하다.
1946년	8월 13일, 런던의 자택에서 세상을 떠나다.

타임머신

초판 1쇄 인쇄 2025년 11월 10일
초판 1쇄 발행 2025년 11월 17일

지은이 허버트 조지 웰스
옮긴이 공민희
펴낸이 이효원
편집인 음정미
디자인 이용석(표지), 이수정(본문)
펴낸곳 올리버
출판등록 제395-2022-000125호
주소 경기도 고양시 덕양구 삼송로 222, 101동 305호(삼송동, 현대헤리엇)
전화 070-8279-7311   **팩스** 02-6008-0834
전자우편 tcbook@naver.com

ISBN 979-11-94381-65-5 04080
     979-11-89550-89-9 (세트)

올리버 세계교양전집 목록

01 **사람을 얻는 지혜** 발타자르 그라시안 지음 | 황선영 옮김

02 **자유론** 존 스튜어트 밀 지음 | 이현숙 옮김
서울대, 연세대, 고려대 선정 필독 교양서

03 **명상록** 마르쿠스 아우렐리우스 지음 | 김수진 옮김
하버드대, 옥스퍼드대, 시카고대 선정 필독 교양서

04 **군주론** 니콜로 마키아벨리 지음 | 민지현 옮김
하버드대, 옥스퍼드대, 서울대 선정 필독 교양서

05 **부는 어디에서 오는가** 월러스 워틀스 지음 | 김주리 옮김

06 **오 헨리 단편선** 오 헨리 지음 | 신예용 옮김

07 **좁은 문** 앙드레 지드 지음 | 김진형 옮김
노벨문학상을 수상한 20세기 프랑스 문학의 거장 앙드레 지드의 대표작, 국립중앙도서관 선정 고전 100선

08 **첫사랑·짝사랑** 이반 투르게네프 지음 | 윤영 옮김

09 **인간 실격** 다자이 오사무 지음 | 임지인 옮김

10 **사양** 다자이 오사무 지음 | 이재현 옮김

11 **이방인** 알베르 카뮈 지음 | 구영옥 옮김
1957년 노벨 문학상 수상 작가, 미국대학위원회 선정 SAT 추천도서

12 **동물 농장** 조지 오웰 지음 | 윤영 옮김
《타임》 선정 '20세기 100대 영문 소설', 미국대학위원회 선정 SAT 추천도서

13 **도련님** 나쓰메 소세키 지음 | 임지인 옮김
서울대 선정 필독 교양서

14 **자기 신뢰·운명·개혁하는 인간** 랄프 왈도 에머슨 지음 | 공민희 옮김

15 **노인과 바다** 어니스트 헤밍웨이 지음 | 서나연 옮김
노벨 문학상 수상 작가, 1953년 퓰리처상 수상작

16 **소크라테스의 변명·크리톤·파이돈·향연** 플라톤 지음 | 최유경 옮김

17 **데미안** 헤르만 헤세 지음 | 이민정 옮김
노벨 문학상 수상 작가, 괴테상 수상 작가, 서울대 선정 필독서

18 **1984** 조지 오웰 지음 | 주정자 옮김
하버드대생이 가장 많이 읽는 책 20, 서울대 지원자들이 가장 많이 읽은 책 20

19 **톨스토이 단편선** 레프 니콜라예비치 톨스토이 지음 | 민지현 옮김

20 **군중심리** 귀스타브 르 봉 지음 | 최유경 옮김
《르몽드》 선정, 세상을 바꾼 20권의 책

21 **유토피아** 토머스 모어 지음 | 김용준 옮김

22 **프랑켄슈타인** 메리 셸리 지음 | 윤영 옮김
미국대학위원회 선정 SAT 추천도서, 《뉴스위크》 선정 세계 최고의 책 100선

23 **예언자** 칼릴 지브란 지음 | 김용준 옮김

24 **벤자민 버튼의 시간은 거꾸로 간다** F. 스콧 피츠제럴드 지음 | 이민정 옮김

25 **변신·시골 의사** 프란츠 카프카 지음 | 윤영 옮김
서울대 권장도서 100선, 미국대학위원회 선정 SAT 추천도서

26 **지킬 박사와 하이드 씨** 로버트 루이스 스티븐슨 지음 | 조진경 옮김
 하버드대 신입생 권장도서,《가디언》선정 '모든 사람이 꼭 읽어야 할 책'

27 **싯다르타** 헤르만 헤세 지음 | 최유경 옮김
 노벨 문학상 수상 작가, 괴테상 수상 작가, 서울대, 연세대, 고려대 선정 추천도서

28 **젊은 베르테르의 슬픔** 요한 볼프강 폰 괴테 지음 | 민지현 옮김

29 **수레바퀴 아래서** 헤르만 헤세 지음 | 정다은 옮김
 노벨 문학상 수상 작가, 괴테상 수상 작가, 국립중앙도서관 선정 청소년 권장도서

30 **햄릿** 윌리엄 셰익스피어 지음 | 홍수연 옮김

31 **위대한 개츠비** F. 스콧 피츠제럴드 지음 | 정윤희 옮김
 《타임》선정 '20세기 100대 영문 소설', 미국대학위원회 선정 SAT 추천도서

32 **페스트** 알베르 카뮈 지음 | 구영옥 옮김
 1957년 노벨 문학상 수상 작가, 국립중앙도서관 선정 청소년 권장도서

33 **시지프 신화** 알베르 카뮈 지음 | 신예용 옮김
 1957년 노벨 문학상 수상 작가

34 **이반 일리치의 죽음** 레프 니콜라예비치 톨스토이 지음 | 정지현 옮김
 노벨 연구소 선정 최고의 작품, 시카고 대학 그레이트 북스

35 **어린 왕자** 앙투안 드 생텍쥐페리 지음 | 이민정 옮김

36 **로미오와 줄리엣** 윌리엄 셰익스피어 지음 | 정지현 옮김
 서울대 권장도서 100선, 미국대학위원회 선정 SAT 추천도서

37 **맥베스** 윌리엄 셰익스피어 지음 | 이현숙 옮김
 서울대 권장도서 100선, 미국대학위원회 선정 SAT 추천도서

38 **체호프 단편선** 안톤 파블로비치 체호프 지음 | 홍수연 옮김
 노벨연구소 선정 세계문학 100선, 1888년 푸시킨상 수상 작가

39 **오만과 편견** 제인 오스틴 지음 | 최유경 옮김
 미국대학위원회 선정 SAT 추천도서,《뉴스위크》선정 세계 최고의 책 100선

40 **여름** 이디스 워튼 지음 | 주정자 옮김
 최초의 여성 퓰리처상 수상 작가, 미국 문단에서 여성의 성장을 다룬 최초의 본격 문학

41 **걸리버 여행기** 조나단 스위프트 지음 | 강경숙 옮김
 디스커버리 선정 '죽기 전에 읽어야 할 책 100권'

42 **오즈의 마법사** 라이먼 프랭크 바움 지음 | 김진형 옮김

43 **키다리 아저씨** 진 웹스터 지음 | 박영민 옮김

44 **이솝 우화집** 이솝 지음 | 서나연 옮김

45 **이상한 나라의 앨리스** 루이스 캐럴 지음 | 강경숙 옮김
 더 가디언 선정 '100대 최고의 소설', BBC 선정 영국에서 가장 사랑받는 소설

46 **결혼·여름** 알베르 카뮈 지음 | 구영옥 옮김
 1957년 노벨 문학상 수상 작가

47 **나는 고양이로소이다** 나쓰메 소세키 지음 | 임희선 옮김
 서울대 권장도서 선정 작가

48 **피노키오의 모험** 카를로 콜로디 지음 | 찰스 코플랜드 그림 | 박영민 옮김

49 **타임머신** 허버트 조지 웰스 지음 | 공민희 옮김